ことのは文庫

彼女は食べて除霊する

みお

MICRO MAGAZINE

目次
Contents

彼女は食べて除霊する

第一話　彼女は「孤独」を除霊する

小百合《さゆり》の前に並ぶのは、ココア色のシフォンケーキ、真っ赤なイチゴが照りよく光るショートケーキ。雲のようなクリームが山盛り載せられたホットケーキ。とろけたアイスクリームが筋を描いて沈んでいく、緑のメロンソーダ。むせかえるほどの甘い空気を吸い込んで、小百合は満面の笑みを浮かべる。

そして、小百合は遠慮なく口を大きく開いた。

「……さあ、一緒に食べよう」

自分の意思とは関係なく瞼に浮かぶ涙のしずく。熱い涙が頬を伝って流れ落ちていく。

「そうだね。これが食べたかったんだよね」

フォークの上にたっぷりの生クリームを載せて口に運べば、背が震えた。

クリームに溺れたホットケーキを一口頬張れば、体から力が抜けていく。

小百合は空気のようなシフォンケーキを飲み込んで、柔らかいカスタードを舐め、甘酸っぱいイチゴを噛みしめた。

……やがて、声が聞こえる。
『ありがとう』
その声は体の奥から響いた気がする。
『夢が叶ったわ。ありがとう』
それは少女のような明るい声。
『小百合さん、本当にありがとう』
そして小百合の背から光が、声が、溢れる。
その光は喜びの色だ。
その声は至福の音だ。
小百合の体から溢れた光は、女性の形となってまっすぐ天へ駆け上がっていく。
同時に小百合の体から力が抜けた。
「……ケ……ン、タ」
体が床に崩れ落ちそうになる瞬間、温かい塊が小百合の体を優しく受け止める。
「……1時間後……起こして」
熱い体温にツヤツヤの毛並み、心地よい心音を耳にして、小百合は目を閉じる。
口に広がるのはケーキの味わい。
耳に響くのは感謝の言葉。

だから小百合は大満足で眠りの中に吸い込まれるのだ。

「見ているだけで胸焼けがする」

もしその声を聞く人がいても、犬の唸り声にしか聞こえなかっただろう。

「おはよう、お嬢さん。今日は一段とひどい顔だ」

マシュマロみたいに柔らかいものが小百合の顔を舐める。くすぐったさに含み笑いを漏らせば、ため息が小百合の耳を撫でた。

瞳を開けると、シェパード犬が半眼で小百合の顔を覗き込んでいる。ピンと立った大きな耳に筋肉質な前足。彼の腹毛と顔は濃い茶色なのに、背筋と尾はビロードのような黒い毛並み。

(また大きくなったな)

と、小百合はその姿を見つめて思う。尻尾の長さまで含めると、小百合の身長なんて軽く超えてしまうかもしれない。

何より特徴的なのは瞳だ。右は黒飴のようなぬるりとした黒茶色で、左は透き通った琥珀色……下から見上げれば金色にも見えるオッドアイ。

この色を間近に見られるのは、小百合だけの特権だった。

「おはようケンタ、今日もベッコウ飴みたいに美味しそ……綺麗な目だね」

彼の目を見つめたまま、小百合は寝乱れた頭を適当に整える。

いつどこで倒れてもいいように、小百合の髪型はボブ一択だ。

そのおかげで、起き上がるときに髪を踏むような情けない失態を晒したことは今まで一度もない。

「その例え方は止めろと……まあいい。お前、二日酔いみたいにひどい顔だぞ」

ケンタの冷たい声に釣られて、小百合は薄汚れた鏡に顔を映す……なるほど、ケンタの言う通りひどい顔色だった。

しかし顔色が悪くても、頬の肉は落ちない。顔だって少しも小さくならない。理不尽だな、と小百合は鏡の中の自分を睨む。

丸顔タレ目でタレ眉毛。苦労知らずの子供顔だと陰口を叩かれたこともある。

でも実際はあと三ヶ月で20歳の誕生日を迎えるぎりぎり19歳。

だから小百合はまだ本物の酒を飲んだことなどないし、二日酔いの経験もない。

しかし疑似体験なら、いつでも経験している。

「辛いときは胸を張ってしゃんとしな。それが二日酔いでもなんでも、体がきついときの治し方だよ。それよりもお前は依頼を受けすぎだ。太るぞ」

「言わないで。実は半年前から2キロ増えたの」

小百合は鏡に映る頬をぐっと引っ張る。一ヶ月前よりよく伸びるようになった。腹回りにも記憶にない肉がついてきた。それを見て、お餅みたいだな、と小百合は思う。そういえば餅もしばらく食べてない。

（お餅……）

小百合は自分の頬をつまみ上げたまま、喉を鳴らす。

（きな粉とお砂糖をまぶしたのもいいな……お醤油バターに海苔を巻いても……）

食べたばかりなのに、食べ物のことを考えるとお腹が減るのが不思議だった。

「あれだけ食っておいて……まだ食い物のこと考えてる顔だな……」

げっそりと吐き捨てるケンタは、どこからどう見ても犬だ。

人より熱い体温、速い鼓動、柔らかい体毛も。全て彼が犬であることを示している。

なのに彼は人の言葉を理解する。それどころか会話まで交わせる。

（でも、会話できるのは、多分、私だけ）

会話を交わせる人間は世界広しといえど小百合だけ……濡れた鼻先に触れても怒られないのは小百合だけ。

油断しきった彼の後頭部を見つめると、つい、にやけてしまうのだ。

「ケンタ、夏毛なのに、や－らかくてふかふかだねえ」

彼の首元に鼻を押し付けると、温かく香ばしい匂いがした。

（……太陽の匂いがする）

ケンタはその体で、差し込む太陽光から小百合を守ってくれていたのだろう。口は悪いが、さり気なく優しいのだ。

それを口にすれば百倍くらいの嫌みが返ってくるので、小百合は口を閉じ彼の毛皮を堪能した。

「人の体をベタベタ触るのは良くない、そう躾けられなかったのか？　それに今は一人暮らしじゃないんだ。だらしない恰好をするな。そんな短いズボンは駄目だ、嗜みを持て」

ケンタは目を伏せて尾を足の間にくるりと押し込んだ。それは不機嫌の証拠。

「何度も言わせるな。俺はもともと人間で……それに男だ」

……ケンタと小百合の出会いは半年前に遡る。

痛いくらいに冷え込んだ1月の雨上がり。白っぽい街灯に照らされたシェパード犬がとてつもなく綺麗だったことを覚えている。

さらに小百合を驚かせたのは彼の声だ。ケンタの低い唸り声は、人の言葉となって小百合の耳に届いていた。

「だから俺は犬じゃなく」

「気づいたら、犬だったんだよね」

小百合はケンタを抱きしめたまま、彼の言葉を思い出す。

半年前の出会いのとき、ケンタは小百合に語ったのだ。

「……人間だったはずなのに、気づけば二足歩行から四足歩行。鏡を覗けば犬の顔」

彼に残る唯一の記憶は『かつて自分が人間だった』ということだけ。本当の名前も素性も思い出も何もかも、欠落していた。

人の目から逃げ隠れ、最高に空腹状態のタイミングで小百合と出会った、と彼は語った。

それは事実だろう。小百合の目の前で、彼の腹の虫が高らかに鳴り響いたのだから。

その音を聞いた小百合はコンビニに駆け込んで、大急ぎでドッグフードを手に入れた。

「そもそも、俺がここに住んでいるのも不本意なんだ。せめてマナーは守ってくれ」

ケンタは耳を伏せて、小さく唸る。

「なんで？　ケンタ、一緒に住んで良いって言ったよ？」

「……言わされたんだよ」

そうだったかな。と首を傾げ、そうだったかも。と小百合は心の中で小さく頷く。

ドッグフードを食べたあと、出ていこうとするケンタを捕まえたのは小百合だ。

彼をこのアパートに閉じ込め、小百合は言ったのだ、「一緒に暮らそう」。

尻尾を巻いて唸るケンタに、小百合は昼夜を問わず説得を試みた。その結果、先に音を上げたのはケンタの方だ。

同居に際して彼が提示した条件は、犬扱いしないこと。面倒をかけないこと。食事はドライフードにしないこと。

小百合の粘り勝ちからおよそ半年。二人は奇妙な同居生活を続けている。

「そのときに俺の出した条件を覚えてるだろう？　撫で回すのはやめろ」

小百合はケンタの言葉を無視して、彼の柔らかい腹毛を思い切り堪能した。

その瞬間、床に放り投げておいたスマホが小さく震える。

画面を叩くと、浮かんできたのは新着メール1通のマーク。

小百合はケンタに抱きついたまま、スマホについっと指を滑らせた。

葛城《かつらぎ》小百合様。緊急の対応をお願いしたく……と、角張った文字が揺れている。

小百合はすぐさま返信ボタンをタップ。予測変換で完璧な返信が用意される。『お任せ下さい。この道10年のプロが参ります』。文字を選んだあと、小百合は少し考える。

「おい、聞いてるのか」

「これはただのハグ。犬扱いじゃない」

ケンタの文句を常套句でかわし、小百合はメールの最後に『心強い相棒と一緒にお伺いします』と追加で打ち込んだ。

犬と人間が喋れるなんて、普通は誰も信じない。

まして軽口を叩き合うなど、誰も信じるはずがない。

普通の人間なら、そんなこと想像さえできないはずだ。

「……お前は本当に変わった女だな」

ケンタの呆れ声を聞き流し、小百合は送信ボタンを弾くように叩く。送信しました。という文字を見つめて、小百合はえいやっと立ち上がった。

「そりゃそうでしょ」

不思議、奇妙、恐ろしい出来事。これらは小百合にとって日常のこと。

「その道のプロなんだから」

なぜなら、彼女は除霊師だからである。


「何がプロだよ。仕事のあとに何時間も呑気に寝るプロがいるか」

「プロだよ」

小百合は、にっと笑ってケンタにスマホの画面を差し向けた。

「依頼の絶えない人気のプロ」

ケンタの目が大きく見開かれ、彼は不満げに唸る。

「は!?　一日二度の除霊は体に悪いってあれほど」

「ご心配ありがと。でも仕事は縁のものだから」

ぼさぼさ頭をごまかすためには、大きな麦わら帽子が役に立つ。帽子を深くかぶって小百合は曇った鏡の前でくるりと回る。

鏡に映る自分の後ろには、散らかり放題の部屋が映り込んでいた。

「仕事より先に、部屋を片付けるとかだな……」

ケンタがそう吐き捨てるのも無理はない。服も雑誌もタンスに収まらず床に散らばったままで布団は万年床。布団から手の届く範囲には雑誌やメモ帳などが点々と落ちている。

しかし腕が届く範囲に必要なものが揃っているのは合理的だし、必要なものは外に出しておく方が探索時間の短縮になる。

生ゴミさえなければセーフ。それは仕事の師匠であり義父でもある葛城誠一郎《せいいちろう》から学んだ、小百合のライフハックの一つだ。

「部屋の片付けよりも何よりも、仕事が一番大事……って、誠一郎さんの除霊心得10か条の……えーっと、えーっと上から五つ目くらいで言ってたし」

「何か条ってのは知らねえけどよ……」

ケンタは床に転がっていたワイシャツと長いスカートをくわえて引きずり、小百合の前にぽとりと落とす。

「その服、肩が出てるから駄目だ。あと下、短すぎる。仕事をするなら、それなりの恰好をしろ。少しは嗜みと恥じらいを持て」

「ありがと」

小百合は服を足の指で掴みあげながら、着ていたシャツを脱ぎ捨てる。それを見て、ケンタが悲鳴を上げた。

「恥じらいを持てっつったろ！」

ケンタは『とっさの伏せ』だけがひどく得意なシェパード犬である。

メールでの除霊依頼……このやり方を編み出したのも義父の誠一郎だ。しかしこれがなかなかに、都合がいい。

倒れていても、寝過ごしても安心だ。内容を控える手間も省ける。

「どうせジジババからの依頼が中心だろ？」

カチカチと、ケンタの爪がアスファルトに響く。

外に出るときは犬らしく、ちゃんとリードと首輪で歩く。それが二人の約束だった。犬扱いすればすぐ怒るケンタだが、案外真面目にマナーは守る。

犬らしさを演出するために、電柱の匂いを嗅いで見せることもする……それはもしかすると演技ではなく本能なのかもしれないが。

「だって私、地元密着型の除霊師を目指してるからね」

小百合はスマホの画面を軽く叩いた。

差出人には見覚えのない不動産屋の名前が刻まれている。本文には『豆腐屋のお爺さんから紹介を受けた』と書かれていた。

今朝の仕事は、建具屋さんの紹介だった。昨日の仕事はスーパーの店長さんから。

こんなふうに、小百合の仕事はご近所からの依頼が8割を占めている。

最近のお年寄りは、メールを器用に使いこなすのだ。文字を大きくできるので、手書きよりずっと良い。なんて人もいる。

一つ一つの収入は小さくても、数をこなせば生きて行ける。また、依頼人に商店主が多いため、懇意にしておくと野菜や果物を分けてもらえるのも地味に助かる。

それにご近所を味方につけるのが、安定した商売のコツ……と、義父も語っていた。

除霊師に社会的安定など何一つないのだ。そこは人柄と実績でカバーするしかない。

「老い先短い商店街で年寄り相手の商売か……せっかくの除霊の腕が泣くぞ」

歩く二人の周囲には、古びた家とシャッター街が続く。昔はカマボコみたいなアーケードを持つ立派な商店街だったようだが、若者が減るに従って町は精彩を欠いていった。

耐震基準の問題だとかでアーケードが取り払われたのはずっと前のこと。最後の意地のように、商店街の名前が書かれたアーケード看板だけが残されている。

「……まあ」

ケンタは赤錆びた看板を見つめて小さく唸る。

「この町じゃ食い扶持には困らないだろうがな」

古ぼけた看板の下、ぞろりと黒い影が通った。その隣には半透明の人間が蠢く。手のひらだけの影が子猫のふりをして駆け抜けていく。

しかし小百合もケンタも平然とそれを見送った。

小百合の住むここ波岸町《なみぎし》は、一見すると地味で古びた郊外の町。

しかし同時に幽霊と怪異の多い町でもある。

「それにお爺さんお婆さんたちのネットワークは思った以上に太いからね」

メールに届いた現場の住所は、小百合の家から15分ほど離れた場所にあった。

寂れた商店街と住宅街を抜け、児童公園を目印に細道を曲がる……と、その途端にケンタの背が震えて毛がそそり立った。彼の爪が地面を掻いて嫌な音を立てる。

「待て。これはまずい」

彼が反応するまでもない。小百合の腕にも、ざわりと嫌な感覚が広がった。例えるなら、細かいヤスリで腕をそうっと撫でられた、そんな感覚。

「……下がれ」

目的地はどこか。など、教えてもらわなくても分かる。

それは小百合たちの立つ場所から10メートルほど先。駐車場と古いアパートに挟まれた狭い区画。そこに灰色の壁が見えた。

道の前には赤いコーンがいくつも転がり、立て看板が風に煽られ揺れている。その場所から、まるで煤のような臭いが広がっていた。

(これは……)

小百合は足を止め、目を細める。むき出しになった肌が焼け付くように痛む。鼻腔いっぱいに嫌な臭いが充満する。

(久々に難案件、来ちゃったかな)

重い空気に向かって、ケンタが体を屈めて唸る。小百合以外には犬の唸り声にしか聞こえないだろう。

しかし彼は言ったのだ。

『危ない』

と。

「あらあ。わんちゃん、ご機嫌ななめ？」

ひょいっと、角から現れたのはおたふく顔の妙齢の女性だ。小百合は慌てて表情を和らげ、ポケットから小さな名刺を取り出した。

「暑いから機嫌が悪くて……あ。平沢《ひらさわ》豆腐屋さんにご紹介いただいた葛城小百合です」

「へえ……あなたがこの道10年の？　プロの？　除霊師さん？」

女性は無遠慮な目線で小百合をなめるように見つめ、肩をすくめた。

「ごめんね。若くて驚いちゃった」

「小学生のときから除霊師なのでけして嘘では……えっと、お仕事のお話を……」

季節は6月中旬。今年は空梅雨だ。ただただ蒸し暑い。

しかし今、小百合の肌に張り付くのは氷のように冷たい空気である。それさえ気づかない依頼人はまるでスキップでもするように、呑気に建物の前に向かう。

「ここよ。もとは社員寮だったんだけど、数ヶ月前に社長が亡くなっちゃって、今は建て替え工事中なのよ」

二人と一匹の前には、『工事中』の看板が掲げられた建物がある。しかし足場は組まれる途中で放棄され、地面に投げ出された青いシートからは異臭が漂う。

シートの真横には『アカガネメゾン』と書かれた看板が下ろされ、放置されていた。

ヨーロッパ風の洒落た看板だが、建物自体は赤錆の広がる古いアパートだ。壁にはヒビが入り雨樋は割れて、窓はことごとく壊れている。

そして立ち入り厳禁の看板は赤錆と泥にまみれている。が、そんなものがなくても誰も立ち入らないはずだ。

……建物からは不気味な空気が滲み出している。

この場所は爽やかな朝日にも、暑い日差しにも、夕暮れの赤色にも染まらない。

重苦しい。息苦しい。悲しい。痛い。ここから放たれるのは、そんな負の色だ。

「全員立ち退いたのを確認して、工事に入ったのが二ヶ月前……それなのにね」

依頼人は目を細め、寒そうに腕をさする。

小百合は、壊れた建物を眺める。その目が東側の部屋で止まった。

「工事を始めようとしたら1階で女の子が。あ、でもね、事件じゃないのよ」

分かるでしょう。という風に、女は小百合に目配せする。

この淀んだ空気は尋常ではない。殺人か……それとも自ら命を絶ったのか、どちらかだ。

女の指差す部屋の窓には一面、黒い闇が広がっていた。手のひらの跡が浮かび上がることもある。空気は冷えきった泥のように重苦しい。

(……ああ)

小百合は小さく手を合わせ、祈るように目を閉じた。

(自分で、全部、終わらせたんだ)

死んだ人間は多かれ少なかれ未練を残す。特に自ら命を終わらせた人間の未練は深く重い。

粘り着いた未練は足かせだ。魂を地面に縛り付け、成仏を許さない。

幽霊たちは成仏を嫌がっているのではない……できないのだ。

「ここは社員寮っていうか……スナックのね、女の子の寮だったのよ。で、その部屋の子は訳ありだったらしくって」

「身よりは？」

「ない、ない。あたしも、見てみぬ振りなんてできないじゃない？　一応、知り合いに頼んでお経だけあげてもらったんだけど……」

彼女は腕を組み、首を傾げた。

「そのあとから変なことが起きるようになって」

「どんなことが？」

「窓が揺れたり、水が噴き出したり……なんてことは、まあこの町じゃよくあることだけど。最近は工事の人がなにもない所で足を滑らせて怪我をしちゃって。工事監督が手を引くって言い出したの。で、困ってたとき、あなたの話を聞いてね。頼んでみたってわけ」

依頼人は爪を噛んで、ため息をつく。

「……愚痴になっちゃうんだけど。うちの会社、この町の担当になるとみんな辞めちゃうの。だから、お人好しのあたしがずっとここ担当。あたし、幽霊なんて信じちゃいなかったけど、ここに来たら信じるしかないわよねえ」

依頼人の後ろを黒い煤をまとった異形の影が通り抜けていく。風もないのに看板が倒れる。しかしこの町ではその程度、誰も驚かない。

「幽霊話のなかった家なんて、一つもないんだもの」

生活音に混じって聞こえてくるのは、狂ったような笑い声、泣き声、怒声に……未練の声。

「磁場が悪いだとか、大昔は都の鬼門だった、とか色々言われてるけどさ……」

依頼人は目を細めて道を見つめる。視線の先、ボロボロの石碑が一つ立っていた。

いつ設置されたかも分からない石碑の表面に刻まれた文字は『城門跡』。

ここ、波岸町には大昔、歴史に名前も残らない都が置かれたことがあった……と、怪しげな伝承があるのだ。そのせいで、町のお年寄りたちは自分たちの住む町を『古都』などと冗談めかして呼んでいる。

みんなが大事にしているその石碑にも、蛇のような黒い影が絡みついており、小百合は小さくため息をついた。

寂れた町並みに都の空気は微塵もないが幽霊と怪異の話題に事欠かない点だけは、なるほど古都の名に恥じない。

「そんな噂が納得できるくらい、昔っからこの町だけは〝出る〟ってみんな言うのよね」

幽霊を感じることさえできない依頼人は、蒸し暑そうに手で顔を仰ぐばかりだ。

「それにこの町って昔さ、変な事件が新聞に……」

「無駄話はそろそろおしまいにしておきな」

呑気に言葉を続けようとする依頼人を遮って、ケンタが臨戦態勢をとる。

アパートの窓が薄く開いたのだ。

数センチの隙間から覗くのは、長い髪の女性。やせ細った顔に骨のような体。そんな彼女の体には煤のような黒い影がべっとりと張り付いていた。

……幽霊は未練を残すと体に黒い煤をまとう。それを『未練の残り香』と誠一郎はそう呼んだ。

未練の煤が体を覆い尽くすと、もう彼らに人の声は響かない。

「これは久々に大当たりの現場だな」

ケンタが舌なめずりをしながら呟いた。彼の左目が燃えるような金色に輝いて、むき出しの歯が楽しそうにカチカチと鳴る。

「少しは楽しめそうだ」

「楽しむんじゃなくって、助けなきゃ」

小百合は地面を這う黒い影をそっと追い払った。周囲を見れば、まるで光に集まる夏の虫のように黒い影がアパートに吸い寄せられている。

呻く巨体、腕だけとなった影、頭が欠けた男、地面を這う女。

幽霊には種類がある。救うことのできる幽霊、そして救い出すことのできない悪霊だ。

(……悪霊、増えてきたな)

強い未練を残す幽霊の周囲にはそんな悪霊が集まりやすい。

この闇に引きずり込まれたら、アパートの彼女もやがて悪霊に成り果てる。

(早く……ここから引き離さなくっちゃ)

悪霊は幽霊を仲間に引きずり込もうと舌なめずりをし、除霊師は迷える幽霊を悪霊の手から救い出す。

だからこそ除霊師と悪霊は犬猿の仲。けして相容れることはない。

「でもさ。メールで除霊師を呼び出せるなんて、よそじゃ考えられないわよね」

依頼人は悪霊の影を平気で踏みしめて笑う。言葉もどこか浮ついている。つまり、信用されていない。

「そうですよねえ。よく言われます」

小百合は諦めたように、へらりと笑う。こんな対応には慣れっこだった。

「すぐに信用できないと思いますよ。だから除霊料は成功報酬で……」

「おい、おい、おい、バカお前、安請け合いはするな」

ケンタが小百合の足を踏んだ。

「まずは高いところからふっかけるんだよ。そこから徐々に下げる。商売の基本だ。ほら、料金表作ったろ」

「……あ、えっと。料金表です」

ケンタに急かされ、取り出したのは手書きの料金表だ。

こんな商売は水物で、正規の料金なんて存在しない。ケンタに言われるがまま作った料金表の値段は法外過ぎて、差し出す手が思わず震える。

眉を寄せた依頼主を見て、小百合は慌てて付け加えた。

「期限は一週間。どうでしょう。成功すればお支払い。失敗なら……」

小百合は顎に手をおき、首を傾げる。

「失敗の経験がないので、この場合を考えたことがありませんでした」

小百合の軽い物言いに、女が吹き出した。

「詐欺かと思ってたけど期待できそう……あら？　わんちゃんも一緒に？」

「ええ」

小百合はケンタのリードを軽く引く。

「このわんちゃんが、心強い相棒なんです」

笑う小百合の足に、ケンタが思い切り尻尾を叩きつけた。


「……お前……余計なことを言うと、本気で噛むぞ」

ケンタが歯をむき出しにして唸るが、小百合はそれを無視して敷地に足を踏み入れる。

キープアウトのテープをくぐり、そしてケンタを手招きした。

「ケンタ。こっちだよ」

「俺は相棒じゃない。飼い犬でもない。お前を！　手伝ってる！　それだけだ」

「そうだね」

「前から言っているが、俺は犬じゃない、でも今は見た目がこれだ。首輪も犬の飯も我慢してやる。しかし俺のことを、わんちゃん、なんて二度と呼ぶな」

「うん」

「覚えの悪いお嬢さんには何度でも言ってやるが……」

文句を付けるケンタの口が、ふと閉じる。小百合も思わずリードを強く握りしめた。

「説教はあとだ」

ケンタが小百合を鼻先で突き、足で床を掻く。

割れた地面の隅には、赤色で描かれた不思議なマークがあった。一見すると工事現場に残されたマークのようだが、それとは似て非なるもの。

「あのババア、黙っていやがったな」

……それは、除霊師が仲間に伝える秘密のマーキング。

「初めて除霊師を雇いますみたいな顔しやがって……しっかり前任者を雇ってたな。しかも中途半端な仕事をして、霊を怒らせて逃げやがったか。そりゃあ悪霊も怒るだろうよ」

地面に描かれているのは三角の形にバツのマーク、色は赤。

それが意味することは、気をつけろ、危険。近づくな。

しかしマークが書かれているこの場所は、幽霊の至近距離だ。こんなところに書かれても危ないばかりで意味がない。なるほど、いい加減な仕事だな、と小百合は苦笑する。

小百合は除霊師の知り合いが少ない。それは小百合が本物の除霊師だからだ。

（また、ニセ除霊師の尻拭いかあ）

と、小百合はため息をつく。ニセ除霊師の尻拭いも小百合たち本物の仕事である。

(遊び気分で除霊に来られると困るんだけどな)

解体の進んだアパートの内部は、崩壊寸前のような雰囲気だった。古いコンクリート、錆まみれのポスト、崩された電灯。湿気って冷たい空気、どこかで漏れる水の音。

落下した電灯のカサには、雨のしずくが溜まって悪臭を放っている。

日差しも届かない廊下の一番奥。闇が淀んだその場所に……薄黒い影が揺れている。

先程まで窓にいた女性の霊だろう。浮いたドアの隙間から、黒い泥のようになって彼女は廊下へと這い出してきた。

彼女は両手で地面を掻き、蛇のように床を這う。立ち上がれないのは肩に悪霊が集まっているせいである。まっすぐ立てないのは細い足を悪霊が掴んでいるからである。

彼女の体はもう半分以上、闇に覆われている。

「おもしれえな」

カチカチとケンタの歯が鳴った。

ケンタは興奮したように首を振って低く体勢を取り、唸る。

「お嬢さん、紐を離しな」

彼が〝お嬢さん〟と口にするとき。それは小百合を馬鹿にするときか、楽しいことを見つけたときだ。それを聞いて小百合は慌てて彼のリードを引っ張った。

「待って、ケンタ」

彼は……彼の言葉を信じるとするなら……元人間だ。しかし過去の記憶は一切なく、名前も職業も覚えていない。見た目だけなら、ただの犬。

しかしケンタは、普通の犬とは異なる特別な能力を持っている。

「まさか除霊するつもりじゃ」

それは小百合と同じ、除霊という能力。

かつて彼も除霊師だったのか、それとも犬になって目覚めたのかは分からない。そんなことは関係ない。記憶などなくても除霊はできる……それが彼の口癖だ。

犬である彼が行う除霊方法は単純明快。

「お嬢さんが出るまでもない。俺がカタ付けてきてやるよ」

ケンタは見せつけるように歯をむき出した。

「……噛み殺してやる」

「だ、駄目！」

「普段は言うことを聞いていい子にしてるだろ。たまには思い切り遊ばせてくれよ」

ケンタは唸り、首を振る。重い鎖が、じゃりじゃりと音を立てる。その音に興奮するように、ケンタは激しく吠えた。

相手が凶悪であればあるほどケンタは嬉しいのだ。オッドアイの左目が燃えるような黄金色に変わる。それは彼が興奮した合図。

「まずは動けなくして詫びを入れさせて、泣かせて……少しだけ希望を与えて……」

は、は、は、とケンタの口から激しく息が漏れる。

「……それからゆっくり噛み殺すんだ」

「駄目!」

ケンタが後ろ足で地面を蹴る。その瞬間、小百合は必死にリードを掴んだ。きゅん、とケンタから案外可愛い声が漏れる。

「おま……え」

「ケンタ、駄目。だって……」

呟き込むケンタの背を撫で、小百合は立ち上がった。

「……この子。泣いてる」

小百合はケンタのリードを錆びた水道管に結びつけ、一人で廊下を歩きはじめる。追おうとしているのか、ケンタの爪がコンクリートを擦る音が響いた。こんなときのため、除霊の際は太い鎖のリードを選ぶようにしている。

「泣いてる子を噛んで除霊なんて駄目だよ」

小百合は一歩、一歩、黒い影に向かっていく。小百合のスカートがゆらゆら揺れて、壊れた床に影を落とした。

崩れ落ちた扉が並ぶ薄暗い廊下。風もないのに揺れる電灯。

割れて転がる消火器に、カビまみれの電気メーター。

潰れた空き缶に、タバコの吸い殻……そして小さな花束の枯れた跡。

そんなものが並ぶ廊下を、小百合はまっすぐに進んでいく。

廊下の一番奥、闇の渦巻くその場所に向かって。

「おい、小百合、行くな！」

地面を這う影は、やがて座り込んだ女の形となる。

傷んだ茶髪に、派手なメイク。どろりと淀んだ黒い目が、小百合を見上げた。

その目には恨みと憎しみ。そして黒い墨みたいな涙。彼女の口から声にならない声が漏れる。

「……しい……しい……い」

……悲しい苦しい……最後の一言は聞き取れない。

小百合は彼女に向かってそっと、腕を広げた。

ゆっくりと口にするのは、小百合が誠一郎に習った魔法の言葉。

「大丈夫」

「おい！」

ケンタが叫ぶ。リードを繋いだ水道管が激しい音をたてる。

がん、と派手な音をたてて、錆水をまき散らし水道管が外れた。

「……小百合！」

同時にケンタが飛び上がるように、こちらに向かってくる。

しかし小百合は振り返って、微笑むのだ。

「残念、ケンタ」

小百合の体の中へ、静かに闇が吸い込まれていく。

まるで白い布に泥水が染み込んでいくようだ。小百合の腕が一瞬だけ黒く染まる。

「もう、入っちゃったから、私のやり方で除霊するしかないね」

「小百合……」

小百合の体が震える。悲しみと憎しみが一気に喉を締め付ける。

「ああ……苦し……い……平気、大丈夫……痛い……大丈夫だよ……」

体の底から声が漏れる。それは恨みのこもった低い声と、小百合自身の声。

小百合の体の周囲を、悪霊が未練がましく飛び回る。幽霊を取り込みそこねた悪霊たちは、憎々しげに小百合を睨んだ。

「良かった、間に合って」

やがて小百合は大きな飴玉を飲み込むように、ごくりと喉を鳴らす……と、ようやく体の震えが収まった。

その代わり、体の奥底に別の気配を感じる。体の奥底で何かが暴れ、皮膚を突き破ろうとしている、そんな気配だ。

「おい、すぐに吐き出せ。こいつは悪霊だ」

「まだ悪霊に成ってない」

「時間の問題だ」

ケンタが必死に小百合の服を噛み、引っ張る。触れた皮膚の冷たさに、ケンタの目が大きく見開かれる。

「お前、めちゃくちゃ冷えて」

ケンタは震え、その鼻先を小百合の足にくっつけた。

「……どうして、お前はそんな無茶ばっかりするんだ」

霊の消えた工事現場は、いきなり湿度と温度が戻る。

夏らしい白い太陽光が急に差し込んで、乾いたコンクリートに反射した。


「あーもう、久々にどん詰まりだあ」

家に戻って4日。小百合はずっと唸っている。

体は毎日重くなり、今では引きちぎれそうに痛い。それは体内に閉じ込めた彼女が不定期に暴れるからだ。

「……人の仕事に口出しする趣味はないが、お前のやり方は気に入らん」

寝転がる小百合の枕元、ケンタが吐き捨てるように呟いた。

3日目まで口も開かなかったくせに、久々に口をきいたと思えばすぐさま罵倒だ。小百合はたまらずため息をつく。

「口出し、してるじゃない……」

小百合は寝転がったまま、キッチンを見上げる。水垢一つないピカピカのシンク、取っ手まで磨き上げたフライパン。それを見て小百合は満足そうに鼻を鳴らした。

居住空間はケンタに汚部屋と罵られるくらいの惨状だが、キッチンだけはピカピカだ。

理由はただ一つ。ここが小百合の仕事場だからである。

(……あ。ケーキの箱もそろそろ片付けなきゃ)

寝転がる小百合の目の前には、ケーキ屋の箱が転がっていた。

台所の流しの上にはチェリー缶の可愛い缶詰や、色とりどりのケーキの取り皿、クリームソーダ用のメロンシロップもコンロの隣でキラキラ輝いている。体がどれだけ辛くても、その風景を見るだけで小百合はにやけてしまうのだ。

それは、4日前に行った除霊の痕跡。

体に溢れた『ありがとう』の言葉が、何度も何度もエコーする。それは温かく、優しく、柔らかいお婆さんの声だった。

4日前に味わった甘さと幸せな気持ちを思い出し、小百合の体が少しだけ軽くなる。

「前の除霊、可愛かったよね。お婆さんの未練が甘いものを思う存分食べたいだなんて」

案外、この世界には幽霊が多い。

視《み》える人間からすれば、世界は死で満ち溢れている。

未練の重さに足を取られ、どこにも行けなくなった幽霊たちは悲惨だ。そんな幽霊を救えるのは除霊師だけ。

「俺は、そのやり方が気に入らんと言ってる」

ケンタの声が上ずった。

「お前、腕は良いくせに、なんでこんな無茶な除霊方法を選ぶんだ」

小百合は除霊師。それも天然記念物なみに珍しい、本物の除霊師だ。

除霊師とはそれぞれに技を持つ。門外不出、一子相伝、伝統芸能、やり方は多種多様。

その中でも小百合のやり方は独特だった。

「幽霊を体に憑依させる？　相手の食べたいものを食べて除霊する？……そんな除霊方法、聞いたこともない！」

ケンタの咆哮を聞いて小百合の中の女性がかすかに暴れた……そんな気がする。

小百合の除霊方法は少しばかり変わっている。幽霊を自らに憑依させ、問いかけ、探り出す……彼らの食べ残した食事や思い出を。

そして幽霊の代わりに小百合が未練を『食べて』除霊する。

「だってね、ケンタ。誰だって急に死んだら思うでしょ？　ああ、あれを食べておけばよかったな。って」

小百合はケンタの背を撫でて、ご機嫌を取るように首を傾げてみせる。

「死刑囚だって最後は希望の食事ができるんだよ」

「誰もがお前みたいに食い意地が張ってると思うなよ」

小百合は頬を膨らませてケンタを睨む。

「食欲は一番純粋な欲求だよ」

食の未練は後悔や悲しみとなり、一周回れば怨恨に変化する。

義父である誠一郎が小学生の小百合にこの除霊術を仕込んだ。そのおかげで小百合は、この除霊法にかけては10年のプロである。

「それにしたって幽霊に体を明け渡すなんてありえない。除霊師として非常識だ」

ケンタの小言を無視して、小百合は祈るように目を閉じた。

（ねえ、何食べたい……？）

問いかけてみても、体内に取り込んだ彼女は反応を示さない。ヒントもくれない。

こうなってしまえばお手上げだ。ヤマカンで当ててみせるしかない。

（話題になってる料理、大体全部作ったんだけど……どれでもない？）

雑誌やインターネットを駆使して、作ったのは話題の料理にスイーツの数々。

「正直、流行り廃りがあるから、流行のご飯って難しいんだよね」

雑誌や小物が無造作に転がる部屋は、ジメジメと湿度が高く薄暗い。

どろりとした空気が小百合から溢れて部屋を浸食しているのだ。

小百合の指、顔、腕、足。それは毒でも受けたように黒い。

「見た目的にイマドキっぽいから、流行の食べ物だって、そう踏んだんだけどな……」

台所に並ぶのは、見た目にも美しい料理の数々だ。

突くと揺れる、ふわふわのカステラ。

マシュマロみたいに柔らかいパンには、とろけるようなクリームを挟み込んだ。

可愛いトマトのカップに詰められた一口サイズのグラタンサラダ。薄切り野菜と薄焼き卵を巻き込んだカラフル生春巻き。

スプーンの上にちょこんと載せたオムライスは、プロ級の出来栄えだ。

「すっごーく完璧じゃない？　上手に作れたって、そう思うんだけどな」

小百合には除霊以外にも得意なことがある。それは、料理だ。

味さえ分かればなんだって作れる。どの料理もうまくできたし、お店顔負けの盛り付けまでしてみせた。なのに小百合の中の彼女は歓声一つ上げてくれない。

（何を食べたい？　食べさせてあげるよ。ねえ……）

小百合は目を閉じ、必死に体内へ問いかけた。

協力的な幽霊であれば、すぐ終わる。恨みを残した霊であれば、時間がかかる。

……今回は、いつも以上に時間がかかりそうだ。

（ねえ、教えて……）

聞こえてくるのは恨み言だ。口の中に広がるのは涙の味だ。

痛みと悲しみと辛さだけで味付けされた料理は、こんな味がするに違いない。

「おい」

「ケンタも一緒に考えてよ、この子が何を食べたいか……」

「……鏡を見たか？」

ケンタは唸り、宙を噛む。彼が噛み付いた場所だけ、空気が清浄なものとなった。

しかし重苦しい空気を祓えるのは、一瞬だけ。元凶が小百合の中にあるのだ。すぐに黒い空気が滲んで部屋を支配する。

「見てない」

「見ろ」

「やだ」

小百合は顔を押さえた。

そうだ、小百合だって気づいている。小百合の顔は、ひどく淀んでいる。小百合の顔に女の顔が滲み出て、唇からは恨み言。瞳は荒々しくつり上がる。

しかしそれを目にすると小百合の心が揺らぐ。揺らげば乗っ取られる。だから小百合の家には汚れて曇った鏡しか置いていない。

「分かるもん。ひどい顔をしてる。ちょっと暴れる幽霊が相手だと、抑えておくのが大変だから、それで」

「もういい」

ケンタが布団に飛び乗り、小百合の体を鼻先でつつく。

「中の女は手遅れだ。俺が噛み殺してやるから、もうそいつを外に出せ。そいつは地縛霊だ。もとの場所に戻ろうとする。そのときに噛み殺す」

「駄目だよ。ケンタが強いことは知ってる。だからこそ駄目。だって」

小百合は顔をゆっくりと上げた。顔を動かすと涙がぽろりと溢れた。

ほろほろと、涙が流れて落ちる。鼻の奥がツンと痛くなり、唇が震える。しかしそれは小百合の涙ではない。

「……この子、ずっと泣いてるんだよ」

「悪霊は、泣くもんだ。それで相手の同情をかって、そして恨みを晴らすんだ。あいつらに善良な心なんてあるわけがない。ただの悪意の固まりだ」

「……」

ゆっくりと小百合の体が湿気った布団に沈んだ。

「小百合？」

ケンタは鼻先でつつく、足先で撫でる。しかし小百合は動けない。

「小百合！」

ケンタが小百合の肩に歯を立てる。しかし、体は動かずどんどんと冷たくなっていく。

「待ってくれ。もしお前に何かあったら俺は……」

ケンタが焦るように小百合の体を鼻で押し上げた。足先で掻き、情けない声をあげる。

「俺は……」

「けん……た……」

体が震え……そして小百合は勢いをつけて起き上がった。

「あー無理。限界。お腹空いた」

体が引きちぎれそうに重いのは、霊障《れいしょう》のせいではない。

頭がズキズキ痛むのは、幽霊を飲み込んでいるせいでもない。

「最近の人気のメニューってどれも量少ないし！　炭水化物控えめなの、もう嫌っ。炭水化物と糖分と脂質が美味しさの基本なんだからっ」

……空腹だからである。

「は？　お前、おい」

ケンタを弾き飛ばして、小百合は立ち上がる。そしてキッチンに並ぶ完璧で可愛い料理に、優しくラップをかけて冷蔵庫へ。

「ごめんね、今はちょっと冷蔵庫に入ってて。あとで食べてあげるから」

その代わり、小百合は冷凍庫から食パンを引っ張り出す。分厚いそれを水道水でさっと洗うと大急ぎで熱したオーブンへ。

「今はジャンクなものが食べたいの」

「まだ食うのか！」

「おしゃれ料理とジャンク料理じゃ、満足度が違うの！」

そもそも数日前の除霊も、少しばかり不満だったのだ。

……なぜならあのとき、ホットケーキにたっぷりの生クリームを添えたから。

熱々のホットケーキには、冷たいバターを載せるのが小百合の中の正道だ。メープルも蜂蜜も生クリームだって邪道だ……と、小百合は信念を持っている。

もちろん、仕事では妥協も仕方ない。小百合の胃は賢いので、そのあたりはきちんと分けて耐えてくれる。

しかし、未練は募る。食べたい気持ちがどんどん募る。未練が募れば腹が鳴る。加えて小百合の体は燃費が悪い。

「ずっと食べたいものを食べられなかったから、ストレスすごくて……とにかく、今はジャンクなものが食べたい……油と炭水化物……」

休む間もなく湯を沸かし、食材庫からカップ焼きそばを取り出す。濃厚倍ボリュームと書かれたそれに湯を注ぎ、時間より1分長く待って湯を捨てる。ソースは添付のものを加えてチリチリ麺をくるくる回す。

小百合の中の女性が暴れたが、小百合はぐっと力を込めてそれを抑えた。

「ここで忘れちゃいけないのがマヨネーズと和辛子ね」

小百合は己の欲望を絞り出すようにマヨネーズと、たっぷりの辛子を絞ると、焼きそばを無心にかき混ぜる。体に悪そうなジャンクな香りがたまらない。

ちょうどいいタイミングでオーブンが音を立てた。黄金色に焼き上がったトーストには薄くバターとニンニクチューブを塗り込んでおく。

「……で、最後の仕上げ」

テカテカに輝くパンを皿に置くと、小百合はその上に恭しく焼きそばを載せた。

「完っ成！」

座る間も惜しんで、食らいつくとお腹の虫が派手に鳴く。

サクサクに焼き上げたトーストからはニンニクバターのいい匂い。その上にはふにゃふにゃの柔い麺。ソースと麺がパンに馴染んで小百合の胃を優しく包む。

「やっぱり美味しい！」

「何をしてるんだ、お前は……」

「焼きそばパンだけど」

「そうじゃなく！」

「……ん？」

最後のひとかけらを大事に飲み込んだ瞬間、小百合の動きが止まった。

体に取り込んだ彼女の意識の遠くに……かすかに感情の切れ端が視えたのだ。

「この味……じゃない？　こっちじゃなくて……」

針の先くらいの小さな輝きだが、小百合は見逃さない。

それは小百合の中で暴れる彼女が一瞬だけ見せたもの……つまり彼女の本心だ。

「もしかして食べたいのって焼きそば……？　でもこの焼きそば……じゃない……」

全身を貫く悲しみや痛み、恨みはますます深い。

「インスタントじゃない……焼きそば……うん、焼いた……ソースの味！　もしかして、手作りの、お家焼きそば？」

彼女は、小百合の言葉を聞いて明らかに狼狽した。まだ若い、女性らしい繊細な狼狽の仕方だ。確実に今、彼女の心が揺らいだ。

食べ物を思うとき、どんな幽霊にもスキが生まれる。

「なんで気づかなかったんだろう！　この子が食べたいのは流行りの味じゃなかった」

小百合はパンくずをはらって、飛び上がる。狭い台所を何回も往復しながら、心の奥に湧き上がった味を想像する。考える。

「野菜は……キャベツ……モヤシ……人参と、ピーマンも！　お肉はベーコンでいい？

……焼きそばの麺は買ってある。ソースも……この間、たこ焼き除霊したときのやつ！」

「おい、お前……良いから、早く悪霊を外に出せ」

「ここからは私の仕事だよ」

足元を右往左往するケンタを押しのけて小百合は冷蔵庫を覗き込む。調理台の上、並べられたのは人参、キャベツに玉ねぎ、モヤシ。そしてベーコン。真ん中が凹んだまな板に、分厚い包丁。

両手で頬を叩き気合いを入れると包丁を握りしめ、野菜を片っ端から切っていく。

綺麗に切る必要なんてないのだ。ザクザクと、できるだけ不格好に。

料理をすると心が弾んだ。熱を加えるだけで、ただの材料が美味しい料理に変わる。

その瞬間が好きだ。野菜に熱が入ると甘い香りがたつところも好きだ。

自分のために作る料理も楽しいが、幽霊のために作る料理はもっと楽しい。

（ねえ、料理、楽しいね。誰かに食べてもらえる料理って、すごく楽しい）

小百合は体の奥、一番冷えた場所に向かって話しかける。

（なんですぐ気づかなかったんだろう……ごめんね、遅くなって）

まずはベーコンだ。じっくり焼いて脂を引き出す。そこに野菜を加えて強火で炒めると部屋中にいい香りが漂った。

手と背中に温かい空気が広がる。料理をするとき……幽霊のために何かを作るときはいつもこうだ。温かい手のひらに包まれているような気持ちになる。

それは、小百合の自信にも繋がった。

ここに立っていて良いのだ、間違いではないのだと、誰かに背中を叩かれている。そんな気がする。

「……うん。分かるよ……」

小百合は微笑んだ。

ふと、体の中から声が聞こえたのだ。

最初は呻くような声だった。しかし段々と、はっきりとした言葉になっていく。

『焼きそば？』

聞こえてきたのは、戸惑うような柔らかい女性の声。

野菜たっぷり？　でも人参は嫌い……ベーコンはカリカリにして。

子供のような、甘えるような声。

笑った分だけ、不思議と空気が柔らかくなる。先程まで部屋を支配していた嫌な空気が薄れていく。

「へーお砂糖を少し入れるの？　それがポイントなんだね。あとは紅ショウガ。あ、そうそうケンタには言ってなかったけど……私ね、幽霊の記憶を覗けるんだよ」

小百合は袋入りの焼きそばの麺を手でほぐし、フライパンに放り込む。

野菜から出た水分が跳ねてきらきら輝いた。麺が柔らかくなるのを待ち、隠し味の砂糖を少々。そしてソースをたっぷり。

じゅ。と、派手な音が響く。

先程のインスタント焼きそばと、フライパン焼きそばは似て非なるものだ。どちらも美味しいが、女性の心に沿うのはこの香りであり、味である。

「……この子ね。親から逃げて……いけない道に進んで」

小百合は胸のあたりをそっと押さえる。

もう彼女は何も発しない。ただ、記憶が体に流れ込んでくるのだ。それは絶望と恐怖に彩られた記憶だ。屈辱と、痛みと、悲しみと、孤独と。

痛い、悲しい……彼女は恐怖に抗うように、叫び続ける。

「ぼろぼろになったところを、スナックのママさんに拾われたんだって。きついけど優しいママさんや、お姉さんたち。いやなお客さんもたくさんいたけど……」

苦しみの記憶は段々と、明るい記憶に上書きされていく。

「ママさんや仲間たちと、あの家で、まるで家族みたいに一緒の食卓を囲んで」

……寂しい。その一言が、小百合の中を貫いた。初めて出会ったとき、聞こえなかった最後の一言。

「……でも、ママさんが亡くなって」

部屋の中は、ソースと野菜の香りでいっぱいだ。

熱くなったフライパンの上でソースが跳ねる。音を立てて、沸々と、賑やかに。

野菜とベーコンが焦げていく匂いが、ソースの甘い香りに混じり合う。

「仲のよかった人が一人一人いなくなって、アパートも解体されることになって」

じゅ、じゅ、とフライパンが激しい音をたてる。麺がほぐれて柔らかくなっていく。

「でも行くところもなくって、ずっと、一人ぼっちで」

寂しい、寂しい。彼女の声が小百合の中に響き渡った。

ほろりと、小百合の目から黒い涙が溢れて落ちる。

一粒、二粒。何粒もの涙が浮かんで、床に散った。

涙の色は、段々と透明になっていく。

もう大丈夫、と小百合は胸をとんとんと叩く。

「一人ぼっちには慣れていたけど、久しぶりの一人は寂しくて」

押さえる胸のあたりがぽっと光り、ぬるい温度が広がった。

「ママさんにご飯を作ってもらう約束を……そう、そう……」

彼女はもう暴れることはない。不安そうに小百合の一挙一動を見守っている。

「ママさんの得意料理は焼きそばで……食べなきゃ死ねないって……おっと焦げちゃう」

フライパンから、焦げる一歩手前のソースの香りが広がっていた。

小百合は慌てて火を止め、鰹節と青のり、それに紅ショウガをふりかける。

それを皿に移すと大急ぎでグラスに氷を詰め込み、気の抜けたコーラをそそぎ込んだ。

茶色の泡が盛り上がり、グラスを伝い落ちる。パチパチと音を立てて泡が割れる。

空梅雨の湿った日差しが、テーブルの上を明るく染めあげた。

白ぬけしたような日差しを受けて焼きそばの色がキラキラ輝いているようだ。

「……焼きそばに、コーラ。完璧！」

机を占拠している雑誌を肘で落とし小百合は大盛りの焼きそばに向かい合う。

「これを食べたかったんだよね？」

囁いて、箸を掴む。

「……さあ、一緒に食べよう」

所々が焦げてカリカリになった茶色の麺。

そんな麺に野菜と肉と紅ショウガが絡みつく。香ばしいその一口を、小百合はゆっくり味わった。

「ママの味だよ。そうだよ。美味しいよ。美味しいね。これが食べたかったんだよね」

同時に、体内から喜びの声が聞こえた。

至福の音だ、至福の色だ、至福の声だ。それは小百合の中からまっすぐに飛び出して、女の形になる。

（……力、抜ける）

小百合の体の奥底がぶるりと震えた。まるで深い眠りに落ちる瞬間のようだ。目がかすみ、体が左右に揺れ、もう瞼を開けていられない。

体の中に閉じ込めた幽霊を解放するとき、いつも小百合はこの感覚を味わうのだ。心地よく柔らかな……至福の酩酊感。

ため息をついたケンタが崩れる小百合の体を受け止める。

（……ケンタ、あとはよろしく）

床に倒れた小百合の上、女の形をした煙が静かに頭を下げ、そして光が宙へ霧散した。


女の霊が去った瞬間から、小百合は3日ほど臥せる羽目になる。

「どんだけ食ったと思ってるんだ。焼きそばパン食べて続けざまに二人前の焼きそば？そりゃ胃も壊す」

ケンタは冷たく吐き捨てるが、それでも小百合が臥せっている間に例の不動産屋からは喜びの報告を受けた。

不思議な現象はなくなり、今は突貫で工事が行われている頃。きっとあそこには綺麗なマンションが建ち、事情を知らない人たちが新しい生活を送るのだ。

不動産屋から届いたのは、料金表通りの高額謝礼金と高級ステーキ肉。湯気を上げるステーキが描かれたパッケージを見つめ、小百合は喉を鳴らす。

ニンニクと一緒にカリッと焼いて、サシの入ったお肉にはわさび醤油が正解だ。ケンタ分には味付けせずにしっかり火を通し……。

「ねえ、肉厚ステーキって久々じゃない？」

「バカか。今日はまだ粥だ。買い出しに行くぞ、米切らしたんだろ」

ケンタは不機嫌そうに尾で布団を叩いた。

悔しさを飲み込んで小百合は立ち上がり、ケンタの首輪にピンク色のリードを付ける。可愛いフリル付きのもので、ケンタの大嫌いなリードだ。彼が嫌みを言ってくるときには、こんな嫌がらせで返すことにしている。

何か言いたげなケンタを引っ張り部屋を出て……小百合はふと、ポストの前で足を止めた。

101号室、葛城と書かれた銀の穴に純白の封筒が見えたのだ。

「手紙！」

小百合は慌ててスマホの日付を見る……今日は6月16日。それを見た瞬間、小百合は小さくガッツポーズを取った。

「さっすが。いっつもぴったりに届くんだもん……ああ、駄目駄目。まだ読まない。読まないって。えっと帰ってからお風呂入って、それからね。ね！　ケンタ、もし私が読もうとしたら止めてね！」

興奮に息が乱れるが、小百合は深呼吸でそれを収めた。

ポストから恐る恐る封筒を引っ張り出して、宛先を見る。

……葛城小百合様。

小百合は深く深呼吸したあと、封筒をひっくり返して差出人を見る。

……葛城誠一郎。

その文字を見たとき、小百合はきゅっと封筒を抱きしめた。

「手紙ごときで、呑気なもんだな」

ケンタは呆れたように顔を背けるが小百合は腹も立たない。そっと鼻を押し付けて、匂いを嗅ぐ。なぜか温かい匂いがする……そんな気がした。

それは義父から届く、月に一度の大切な手紙。

大したことは書かれていない。こんな除霊をした、こんな料理を食べた。こんな世界を見た……三枚の便箋に書かれた、義父の日常報告。

手紙の向こうに透けて見えるのは、誠一郎の立ち姿だ。猫背気味の背も、大きな手のひらも。手紙を手にするだけで、まるで目の前にいるように思い出せる。

「ただの手紙じゃないんだよ、誠一郎さんの手紙！」

小百合は熱を持つ頬を押さえて、ケンタの頭をぐりぐりと撫でた。

「お嬢さん。まさかその年になってもまだお父さんと結婚する、とか言ってんじゃゃねえだろうな」

ケンタの言葉に小百合はうっと、喉をつまらせる。

父と娘は結婚できない……それが例え血の繋がりのない義父であっても。小百合がその真実を知ったのは、小学校の高学年、クラスメイトの無情な一言。

あの絶望に満ちた休憩時間のことを思い出すたび、重苦しい気持ちになってしまう。

「……いっ……いいじゃない……意地悪を言うならケンタには見せないよ」

「見たくもねえよ」

誠一郎は十ヶ月前、小百合の誕生日に行方をくらました。

もともと気まぐれで呑気な男だ。父親らしいところなど一つもない人だ。だから気づけば小百合は彼をお父さん。ではなく誠一郎さん。なんて呼んでいた。

それでも怒ることのない人だった。

気がつけば彼は長い旅に出て、代わりに翌月から届くようになった月に一度の手紙。今日届いたもので、ちょうど記念すべき10通目。

消印は滲んでいてよく見えないが、きっと旅先から送られてくるのだろう。

知らない空、知らない大地で知らない人たちに囲まれて。そして、寂しいけれどそれがきっと彼にはよく似合う。

月に一度だけ忘れずに手紙を届けてくれる。その優しさが、小百合の胸を打つ。

（20歳の誕生日までの約束の手紙）

ほくほくと、小百合は手紙を抱きしめる。

小百合は幼い頃、誠一郎といくつかの約束をした。

もし一ヶ月以上家を開けるときは、毎月16日に必ず小百合に手紙を送ること。これは小百合が20歳を迎える8月16日、その誕生日まで続けられること。

なぜなら20歳のその日まで、小百合は子供だからだ。子供には親の愛情を受ける権利がある。それが誠一郎の口癖だ。

そして20歳の誕生日を迎えた日には、必ず一緒にお祝いをすること。世界の裏側や宇宙にいたとしても、必ず帰ってくる。

約束の日まで、あと数ヶ月。

約束は素敵なものだ。言葉だけで、小百合はどんなに辛くても頑張れるのだ。

「ケンタ。先にペットショップに行こうか。高いドッグフードを買ってあげる」

手紙をそっとカバンに入れ、小百合は下手くそなスキップで熱せられた道に飛び出す。

リードに引っ張られ、ケンタが悲鳴を上げた。

「バカかっ！　まだ本調子じゃねえのに、いきなり走り出すな！」

ケンタの言葉を無視してアパートを飛び出せば、目前は細道が複雑に絡み合う六叉路だ。

こんな複雑な道路は滅多にない、と引っ越し業者にぼやかれた道である。

道幅が狭く歪んだ道だが、小百合はこの道が好きだ。この薄暗い道を駆け抜けると、突然、広い国道と青空が目の前に広がる。その開放感がたまらない。

そんな国道沿いに、地区最大を誇るペットショップが最近できた。

信号の向こうに見える真新しい建物を見上げて、小百合は目を細める。

空梅雨の眩しい日差しをうけた建物からは、犬や猫や様々な動物の香りと音。

動物たちの声に辟易としたように、ケンタが耳を伏せ上目遣いに小百合を見上げる。

「俺だって好きで小言を言ってるんじゃないんだ。でもな、お嬢さん」

「ケンタ、心配してくれてありがとう」

「心配してるわけじゃねえよ、お前に何かあったら、俺の隠れ家がだな……」

小百合は木陰に入り、じっと周囲を見つめる。道を歩く人たちの間に、隣に、後ろに薄く白い靄が視える。

怪談の似合う夏には実際、幽霊も増える。

体に温度を取り戻そうとするように、彼らは人と人の間に現れる。

幼い頃から小百合には見慣れた風景。しかし普通の人間はこの風景を知らない。

視えない人は呑気だ。

視える人は孤独だ。

……しかし、除霊師は孤独に打ち克てる存在だ。

小百合は誠一郎からそう教えられた。

「私、このやり方を変えるつもりはないよ」

ケンタの顔を覗き込み、小百合は微笑む。麦わら帽子を目元まで下げて、目を閉じる。

夏の空気の中、幽霊の声が聞こえる。寂しい、苦しい、痛い、助けて。

彼らに体はない。では何が痛むのか。それは心だ。こびりつく未練がいつまでも彼らの心を傷つける。

「一人でも多くの幽霊を救いたいから」

孤独は毒だ、と誠一郎はそう言った。

孤独はドロのようなものだ。溺れると息もできない。

しかしそれを小百合は救えるのだ。救えるのであれば救いたい。そう、思っている。

「……除霊は、おもいっきり楽しく」

「何だそりゃ」

「誠一郎さんの口癖！」

小百合は身を屈め、ケンタの鼻先にキスをする。ケンタは尾を後ろ足の間に差し込んで腰を落とした。

「おま……えっ」

周囲には人間も幽霊も仲良く並んで歩いている。のんびり歩く学生幽霊も、杖をつくお爺さん幽霊も、生きているときと同じ顔。

なんて穏やかな夕暮れなのだろう。

(今日も、ちゃんと、やりきったよ。誠一郎さん)

よく頑張ったね。と、誠一郎の声が聞こえた気がする。

小百合に除霊のいろはを教えた誠一郎は、除霊が終わると必ず褒めてくれた。その声が無くなるだけでこんなに仕事終わりの空気が冷たい。

「ケンタ」

小百合は足を止めてケンタを見た。

「よく頑張りましたって褒めて」

「はあ?」

「褒めて」

夕暮れの色に染まるケンタは苦い顔をするが、やがて小さなため息をついた。

「……よく頑張ったな、お嬢さん」

その声を聞いて、小百合はにんまりと微笑んだ。ごまかすように咳をして、ぐんと顔を上げ、駆け足みたいに足踏みをする。

「いい子で待ってて。フリスビー買ってくる。公園でめいっぱい遊ぼ」

「俺はフリスビーに飛びついたりしねえぞ」

「どうかなあ？　本能には逆らえないんじゃない？」

ケンタが小百合にしか分からない言葉で叫ぶが、その声は周囲からすればただの犬の声。散歩中の犬たちが、怯えたようにきゃんきゃん吠える。

動物の声に驚いた車がクラクションを鳴らして通り過ぎ、ペットショップからは店内の音楽が漏れ聞こえてくる。

「お前っ！　あんまり走るな、転ぶぞ！」

「へーきだよー！」

駆け出した小百合の姿を、ケンタだけが見つめていた。

第二話　彼女は「想い出」を除霊する

炊きたての米を口にする寸前に目覚める朝ほど、虚しいものはない。

顔が湿るほどの温かい湯気に含まれた柔らかい香り。

甘く柔らかく、他のものに代えがたい唯一無二の味わい……。


「だから今日は目の前で米を食わないでくれ。俺は今、無性に米が食いたい」

と、ケンタが言い始めたのは、ようやく梅雨明けを迎えた7月頭のこと。

「い……じゃなくて、ケンタって、ご飯食べちゃ駄目だったっけ?」

犬と言わないように気をつけながら、小百合はケンタの耳に囁く。

エアコンを消した夏のアパートは灼熱地獄だ。加えて、隣に座るケンタは発熱体質。ケンタと出会った冬には重宝したが、夏場にはちょっと辛すぎる。

マゾだな。と小百合は流れ出る汗を肩口で拭いながらそう思った。

「猫ほどじゃねえけど、俺の舌も熱いものを食うのには適してない。今日は夢で米を食う直前に無理やり起こされた。おかげで今、俺はすごく炊きたての飯が食いたい」

「……ケンタ、しーっ」

とん、とん、と、扉が揺れて小百合はきゅっと縮こまる。

台所の曇った窓ガラスの向こう側、うっすらと人影が映っていた。廊下から誰かが窓を覗き込んでいるのだ。

これが幽霊ならば怖くはない。

（幽霊よりも怖いもの……は……）

「葛城さん、昨日お宅から犬が出てきたって聞いたんだけど、登録と違ってない？」

扉の向こうから低い女の声が響く。小百合は息を呑んでケンタをぎゅっと抱きしめた。

「ほら、やっぱり大家さんだ……」

「お前……まだ俺のことをトイプードルって嘘ついてやがんのか」

外から聞こえてきた女性の声を聞いて、ケンタが長い息を吐く。犬もため息をつくのだと、ケンタと暮らして初めて知った小百合である。

「だって小型犬なら家賃据え置きなのに、中型犬以上だと毎月千円上がるんだよ。お金云々じゃなくってね、ケンタはおとなしいし、吠えないし、それに」

「不正をするな」

小百合を押しのけ、ケンタが立ち上がる。彼はニヒルなアウトローを気取っているわりに、こういったマナーにはやけにうるさい。

ケンタは琥珀色の左目で小百合を睨んで鼻を鳴らす。

「俺はコソコソ暮らすのはごめんだからな」

「あっ！　ちょっと、ちょっと、待ってケンタ」

彼は鼻先でベランダの扉をこじ開けると、壊れたベランダ柵の隙間から器用に抜け出していく。

「わ、私も一緒に外に出るから！　そうだ。お散歩行こう、お散歩！　ちょっと……っ」

慌てて追いかけても、小百合の体ではその細い隙間を通り抜けられない。

隙間から顔を突き出せば、目の前に広がるのは眩しい夏の日差しに、日傘を差して歩くご近所の方々。

無様にもがく小百合の前に、ヒラメのような顔の女がぬっと迫る。

「変なところから出入りしてるんだね、葛城さん。ところでさっき、ここから大きな犬が出てきたように見えたけどねえ？」

「……はい」

季節に似合わない冷や汗を流したまま、小百合は大家に向けて愛想笑いをへらりと浮かべてみせた。

(あーもう、ケンタのせいで、めちゃくちゃ絞られた!)

大家から解放されたのは、たっぷり1時間あとのこと。

ケンタについては、半年前に遡って家賃の差額を支払うことで手打ちとなった。

アパートの大家である新川《あらかわ》は、嫌みと金への執念だけで構成されたような人間だ。還暦を越えてなお、アパートの管理は自分でこなす。簡単な水道工事くらいなら業者も呼ばない……工賃をケチるために。

もちろん、家賃を滞納すれば恐ろしいほど痛めつけられるという噂。

近隣の小学生の間では通称、鬼ババ。『相手が鬼でも、店子なら取り立てる』が彼女の口癖で、法律だってきっと彼女にはかなわない。もちろん小百合にだって容赦はない。

小百合に後見人がいなければ、とっとと出ていってもらうところだ……などと、散々と嫌みを言われた。

鳴り止まない口撃に耐えながら、小百合は思うのだ。

(……生きてる人間のほうが、幽霊より数倍めんどい)

アパートを抜け出せば、外はすっかり昼下がり。白い日差しが地面に跳ね上がり、蜃気楼のように揺らめいている。

アパートの目前は交差点。それも六本の道が交差する、複雑な六叉路が現れる。

そんな六叉路の隅っこにあるのが小百合の牙城たる、波岸アパートだ。

駅から徒歩35分、全6室。2階建ての西向き築40年木造アパート。この建物の1階北側が、住み始めてそろそろ1年となる小百合の家。

ベランダの柵は数本折れ、壁に張り付く煉瓦色の雨樋は廃墟のように割れている。加えてここは事故物件だった。

問題の幽霊は引っ越し当日に除霊したが、未だに幽霊の噂が立っているおかげで空き巣にも狙われない。恐ろしいのは大家と虫くらい。住めば都というもので、小百合は案外この家を気に入っている。

「ケンタ……どこに行っちゃったんだろ……」

「さゆちゃん、ケンちゃんがねえ。またベランダから抜け出してったわよぉ」

小百合が汗を拭って歩き出せば、素早く一人のお婆さんが駆け寄ってくる。一人が来れば、二人、三人。

いずれもご近所のお年寄り。揃いのアロハシャツを身にまとって駆け寄ってくる様子は、まるで賑やかなお団子が転がるように見えた。

「皆さん華やかですね」

「来月、迎え火と送り火で踊るじゃない？　毎回着物ってのも飽きたから、揃いのアロハシャツでやろうかってねえ」

「うちの町も観光客が増えたからね、気合い入れようって商店街長が気張っちゃって、みんなで毎日練習してんのよ」

「ヤマモト手芸のトメさんが全員分仕立ててくれてね。意外とイケるでしょ？」

「一昨年、和菓子屋の西団《にしだん》さんが亡くなっちゃったでしょお？　美味しい和菓子もなかなか手に入らないし、今後はお供えを洋菓子にしようかって話になったのよ。なら合わせて洋装でいいじゃないってね」

小百合が足を止めると一斉に言葉を浴びせかけられる。

彼らの向こうに見えるのは、円形カーブを描く『波岸商店街』の看板。

赤錆の浮いた古い看板は、大昔ここにアーケード商店街があった頃の名残だ。昨年の台風でさんずいが傾いて、今では彼岸《ひがん》商店街になってしまった。

しかし住人たちは『彼岸商店街のほうがお似合いだ』などと不謹慎に笑い合う。

そんな彼らは小百合のご近所友達であり、同時に大事なクライアントでもある。

「川口《かわぐち》さんも沢田《さわだ》さん……あ、吉沢《よしざわ》さんも！　この間はご依頼ありがとうございます」

「こっちも助かったよ。夏になると、どうも体の透けたやつが部屋ん中に出てきてさ。また出たら一つ頼むわ」

「はあい。いつでもご用命、お待ちしてまあす」

幽霊を敵視しているケンタなどは眉を寄せるが、この商店街における幽霊の立ち位置など、そのようなものだった。

お喋りに満足したお年寄りたちが散り散りになると、気の抜けた音楽が流れ始める。

それは商店街が時間ごとに流しているテーマソング。その音の中には、ブツブツと何かを呟く声が混じっている。笑い声も、泣き声も。それに反応するように、六叉路には人には見えない影が蠢きはじめる。

そして、小百合のすぐそばにも。

「……小百合、人気者だね」

ふっと冷たい空気が耳を撫で、小百合は顔を上げる。

気がつけば小百合の真後ろに女が立っている……いや、浮いている。

真っ白な肌に、長くて黒い垂らし髪。大きな花が描かれたアンティークな着物と、緋色の襦袢。裾から見える素足の足元には、頭が削れたお地蔵様。

彼女は空中にゆったり浮かんだまま、小百合の顔を覗き込む。

「今日もぷくぷくとした頬が愛らしいな、小百合」

「ありがとう、着物さん。そろそろ除霊される気になった？」

「せっかくだが、もう少しここにいる。それに小百合とも遊び足りない」

白い顎を傾けて、彼女は微笑む。

狐のような細長い目は生きているように輝くが、体の向こうに電柱が透けてみえる。

理由は単純明快で、彼女はとうに死んでいる。

（幽霊、あちこちにいるんだけどな。視えないならそのほうが、幸せだろうけど）

小百合は彼女を見上げて思う。お婆さんが一人、彼女のそばを通り抜ける。肌に触れた涼しさに驚いて目を見開くが、それだけだ。

六叉路に置かれた六ツ角地蔵の近くに住み着く彼女は、おそらく古いタイプの地縛霊。朝から晩までこの場所にプカプカ浮かんで通行人を眺めている。

徹底した秘密主義で名前も教えてくれないため、小百合は勝手に着物さんと呼んでいる。それでも彼女は怒らない。

「着物さんは、いつも悠々自適だね」

「これまで色々やり尽くしたおかげで、世界のことは大方分かるようになった」

彼女は秘密を囁くように人差し指を口元に押し当て、優しく微笑む。

「小百合、これを泰然自若というのだよ。おかげで気持ちがいつも穏やかだ」

彼女は宙に浮かんで腕を大きく広げる。赤い袖が広がり、伸びた白い腕が夏の光を吸い込んで輝く。

彼女に何があったのか、なぜそこに浮かんでいるのか小百合には分からない。

しかし人間が道を行くように幽霊だって堂々と存在する。それが波岸町の日常であり、そんな様を見ていると小百合は幽霊という生き方もいいな。なんて除霊師らしからぬことを思ってしまうのだ。

「いつでも除霊してあげるから、気が向いたら声かけてね」

だから小百合はいつも通り彼女にそう声をかける。

すると彼女は赤い唇で、にいっと笑った。

「私のことより先に、お前の可愛い獣の話を聞いてやれ、小百合」

着物さんが指したのは、小百合の背後。振り返って小百合は目を丸くすることになる。

そこにいたのは、昼の日差しを弾くような黒い毛皮。

「ケンタ?」

……そして、その隣にちょこんと座る小さな毛玉。

「と……猫?」

それはやせたキジ猫だ。つん、と澄まして座っているのも愛らしい。小百合は思わず我を忘れてケンタを押しのけた。

猫に向かって指を伸ばすと宝石みたいな緑の目が細くなる。不機嫌そうに体を舐めて、渋々と小百合の指先を嗅ぐ。その一瞬のすきをついて、小百合は猫を両手ですくい上げた。

ふわふわの毛が小百合の鼻を撫でて幸せな気持ちになる。ケンタよりも頼りない体なのに、ケンタよりもずっと体温が高い。

とくとくと、細い血の流れが指先に伝わってくる。

「んー。ふわっふわ」

「おい」

「別にケンタで物足りないって言ってるわけじゃないんだよ」

「おい。お嬢さん」

「ケンタの毛皮もそりゃあいいものだけど」

「お口チャックだ」

「たまには猫のふわふわ毛を堪能したいときもあるんだし」

「除霊の邪魔だ」

たん、とケンタの尾がアスファルトを弾く。彼の声を聞いて小百合は顔を上げた。

「除霊？」

……幽霊の存在はあまりに身近すぎて、小百合はその気配に気づかないことがある。

小百合はケンタの声で、初めてその存在に気がついた。

「あ……」

小百合の数メートル先、杖をついたお爺さんが一人。

彼の体は透けている。

霧のように淡く、白く、実態がない。

そのくせ、見つめるだけで目の奥がチリリと痛む。

透けた体から黒い欠片がポロポロ溢れる。夏の匂いに混じって鼻に届くのは煤の臭い。

それは未練という名の、魂の残骸だ。

「俺はこの猫に爺さんの除霊を頼まれた。だから邪魔をするな」

ケンタは歯をむき出しにして身構える。まさに飛びかかろうとした瞬間、着物さんの細い指がケンタの首をきゅっと掴んだ。それだけでケンタはきゃんと悲鳴を上げて、地面に伏せ落ちる。

それを眺めて、着物さんがにやりと笑った。

「小百合、一つ貸しだぞ」

「この狐女……てめえから噛み殺してやろうか」

「ちょっと。ケンタ、落ち着いて。何があったのか教えて」

今にも暴れそうなケンタの体を抱きとめると、彼は諦めたようにため息をついた。

「……あれは先月死んだ爺さん……らしい。まだ死んだことに気づかずに、町をうろついてやがる。で、この猫の飼い主で」

猫が何か不機嫌そうに呻いてケンタの足に軽く爪を立てる。ケンタは舌打ちでもしそうな顔で猫を見た。

「いや、どっちが主人とか今は置いといてくれよ……この猫としちゃ、せっかく自由の身になったのに、こうも死んだ爺さんにウロウロされちゃ目障りで仕方がねえ……で、俺に除霊を頼んできたわけだ。タダ働きだが、少しは気が晴れるだろうから受けてやった」

「猫と会話できるの？」

「片言程度だがな」

不満そうにケンタは横目に猫を睨む。

猫は平然とした顔で体を舐めているが、体は細く動きも緩慢だ。随分な年寄り猫だろう。

乾いた毛の感触を思い出し、小百合は少し切なくなった。

「ずっとお前のやり方で辛抱してきたんだ。俺のヤマは俺のやり方でやらせてもらう」

「あの……お爺さん！」

飛びかかろうとするケンタの体を上から押さえつけ、小百合は男に声をかける。

不審そうに振り返った顔はゴマ塩頭にへの字口。偏屈なお爺さん、そんな顔立ちだ。

顔の皺が深いが、それは性格から出るものに違いない。

「……誰だ」

一見すると生きている人間とそう変わらない……体が半透明でさえなければ。

「お散歩ですか？」

「お前また幽霊の話を聞くなんて、バカなこと」

ケンタが慌てたように吠えるが、小百合はそれを無視して男の顔を覗き込む。

「ご一緒してもいいですか、お爺さん」

結局小百合は『バカなこと』以外の方法を知らないのである。

「爺さんなんぞと呼ぶな。俺にゃ奥田修司《おくだしゅうじ》という名前がある」

小百合を見回したあと、お爺さん……修司は不機嫌そうにそう言った。

「不良娘め。学校はどうした……まあいい。放って置いて悪い遊びでもされちゃかなわん、俺についてこい」

修司の気遣うような言葉に、小百合は思わず苦笑を漏らした。こと、波岸町では年齢を勘違いされるくらいで都合がいい。

修司は数歩進み、振り返る。

そして杖でこんこん、と地面を二度叩いた。

「散歩についてくるなら俺に従え」

死んだことを理解していない……そんな幽霊は、意外に多い。

彼らは何が未練なのかを思い出せない。思い出せないからいつまでも彷徨うことになる。

そして未練の煤ばかりが重くなる。

「私の名前は葛城。葛城小百合」

彼の体にさり気なく触れるが、そこはまるで鉄の塊のように冷たく重かった。

(無理かぁ)

小百合は手のひらを握りしめ、小さくため息を漏らす。

この手の幽霊を、いつものスタイルで飲み込むことは難しい。死んだことに気づかない幽霊にはまず、死を自覚させなければならない。それは気の重い作業だった。

「お前、この町は……波岸町は初めてか？」

数歩歩いて、彼はふと小百合を見上げた。

「去年の夏、越してきました」

小百合は照り返した日差しの眩しさに目を細める。梅雨が明けた途端、気温がぐっと上がった。

ここ、波岸町は特に夏の温度が高い。昨年、越してきたときにもそう感じた。

「波岸はもともと、誠一……父の生まれ故郷だったから」

昨年の夏、唐突に誠一郎が消えたあと。小百合はこの町に越してきた。

ここは誠一郎が育った彼の故郷の町。だから小百合は期待してしまったのだ。

（ここなら、誠一郎さんが早く帰ってくるかもしれないって……）

そんな淡い期待を、小百合は今も持ち続けている。

「……で？　親は何してる。てめえのガキが遊び呆けてるってのに」

「お仕事でずっと留守。だから私は留守番……このケンタと一緒に」

不機嫌そうに背を向けるケンタの首を抱きしめると、彼は犬の真似をして小さく唸る。

「ガキのくせに殊勝なこった。おい聞いたかよ、チビ。てめえも見習え。てめえは人が出

「歩くときにちょろちょろついて来やがって。たった30分の留守番もできやしねえ」

修司が吐き捨てると、猫がニャゴニャゴと言い返す。老いた足が一歩進めば、老いた猫の足があとに続く。りん、りんと響くのは猫がつけた鈴の音だ。その後ろを歩きながら小百合は目を細める。

背を丸めて歩く修司に影はなく、猫の体からは影が伸びる。

視えない人からしてみれば、猫がただ歩いている風にしか見えないだろう。しかし猫の緑の目には修司が映っているのだ。

「波岸ってな、変わった名前だろ。海もねえのによ」

修司は人嫌いに見えて案外、面倒見のいい性格らしい。ゆったり歩きながら彼は杖で東の方角を指す。

「大昔は町のすぐそばまで海が来てた、らしい。町の北側にでっけえ川があるだろ、送り火の祭りで灯篭を流すあれだよ。三途川とか呼ばれてるが……つまりあれが海の名残だ」

彼の杖が指す方向には、広い川が流れている。正式名称は別にあるはずだが、呼ばれる名前は三途川。小百合は川の方角を見つめて目を細める。

清潔とは言えない川だが、日差しを浴びると綺麗に輝くことを小百合は知っていた。

「戻り橋のかかる川ですよね」

橋の上にかかる古い橋にも名前はあるはずだが、通称は戻り橋。橋の真ん中で振り返れば運命の人が見えるとかなんとか、都市伝説級の噂が流れたこともある。

「魂が戻るから戻り橋。なんてな……実際は、そんないいもんじゃねえよ」

修司は何かを言いかけ、口を閉ざす。

「1000年前に落ち武者が作った都の跡地だとか、都の鬼門だったとか、そんな妙な噂しかねえ町だ。おかげで今じゃ年寄りばっかりで、ご覧の通りのシャッター街になっちまった。親父さんの故郷とはいえ、よくこんなシケた田舎に越してきたな」

小百合の目前に広がるのは、古い家、傾く電柱、シャッターが下りた店舗。

かつて波岸町を賑やかした100メートルに及ぶ商店街も今や赤錆のシャッター街だ。

最盛期、60はあったという店舗も今では8店舗ほどしか残っていない。廃業した店舗の看板は取り外されることもなく、夏の日差しの中で傷んでいく一方である。

「一時期は奇妙な話で町に観光客が溢れたが、今じゃあまた元通りだ」

陸の孤島、壊れゆく町……なんて陰口ばかりの波岸町にちょっとした変化が訪れたのは数年前。

突如、インターネットやテレビで『幽霊の町』として話題となったのだ。心霊写真が撮れる、人が消える。無責任な噂が飛び交って、波岸町は突然脚光を浴びることになる。

その噂を町おこしに使おう。と、商店主たちが盛り上がったのも仕方のないことだろう。

手作りチラシに休憩スペースの増設。幽霊饅頭に幽霊ランチ。色々やったが、それが実を結んだとは言い難く、今では肝試しや心霊写真目的の観光客が冷やかしに現れる程度。

人の少ない道を見つめ、修司は杖の先で商店街の一角を指した。

「それに観光客が来たって、跡継ぎがいなきゃどうにもならねえ。この店もな、婆さんが死んで潰れた」

菓匠西団と書かれた古い看板を見て小百合は喉を鳴らす。シャッターには西団団子店、と可愛い文字で刻まれている。

評判高いこの店が惜しまれながら閉じたのは一昨年末のことらしい。この店の酒蒸し饅頭は絶品だ……と、何度聞いたかわからない。

形あるものはなくなってしまう。しかし思い出は残る。その思い出をあとで聞かされるのはなんとも悲しいことだった。

最高に美味しかったという伝説の味を、小百合はいつも切なく妄想してしまうのだ。

「死んだらおしまいだ」

「そんなことないですよ。修司さん」

生き残った店を覗き込むと、団扇《うちわ》で顔を扇ぎながら野球中継を見るお爺さん、ラジオの寄席に耳を傾けるお婆さん。天井から吊られたかごには小銭が詰まっている。

新鮮な野菜がずらりと並ぶ八百屋、丸みを帯びたショーケースいっぱいに色とりどりのお菓子が並ぶケーキ屋、海の香が充満している鮮魚店。店から漂う様々な匂いが、夏の香りに溶け込んでいる。

「お婆さん、どら焼き三つ、くださいな」

小百合はケーキ屋を覗き込み、お婆さんからずっしり重い袋を受け取った。紙袋の中を覗き込むと、こぶし大のコロンとしたどら焼きが三つ、収まっている。

「ここの粒あんのレシピは、さっきの西団さん直伝らしいですよ」

買ったばかりのどら焼きにかぶりつき、小百合はほっくりとした小豆の甘さを堪能する。

いつもなら、三つもどら焼きを買えばすぐさまケンタの小言が飛んで来る。

しかしケンタは今、ふてくされて無視を決め込んでいる。小言を吐きそうになる口を必死に抑えて、不服そうに耳を伏せるケンタは可愛らしい。

紙袋の中に収まった宝物みたいな塊を見つめて、小百合はにまりと微笑んだ。

「私はそのお饅頭の味を知らないけど、このどら焼きで過去を追憶できるんです。味は、受け継がれていくでしょう？」

「若えのはよく食べるな」

修司の空気が不意に柔らかくなる。その目から緊張が解け、優しい色が灯る。

「……ほら、散歩の続きだ。こっちにこい。良いもんを見せてやる」

小百合が二つ目のどら焼きを食べ終わる頃、二人は商店街を抜けていた。その先には広い円形の広場が見える。

そこはかつてのバス車庫だ。路線図が改正された結果、この車庫はお役御免となった。今では古いトタン屋根の車庫が、かろうじて残るだけの広い空き地である。

持て余した空き地を利用して、何かを建てる計画が持ち上がったのは小百合がこの町に越して来る前のこと。

しかし計画は途中で頓挫してしまったらしい。今では車庫の入り口に黄色いテープが貼られて風に揺れるばかりだ。

薄暗い車庫の中を覗くと、奥に見えるのはお化け屋敷の看板、メリーゴーラウンドの馬の模型に、観覧車のカラフルなゴンドラ部分。奇妙なものばかりが山積みで、今となっては何を作るつもりだったのか想像もできない。

「おい、小娘。このバスを知ってるか」

忘れ去られた車庫の入り口に置かれているのは、赤と緑で塗られた古ぼけた廃バスだ。先頭が丸く出っ張り、ぽってり太ったアンティークなバス。フロントガラスは白く曇って中を覗くこともできない。

修司は塗装の剥げた場所を、そっと撫でた。

「これはボンネットバスって言ってな、エンジンがフロントにあるんだ。ちょっと前にゃ、この町にもしょっぱい遊園地があってよ。駅からそこを結ぶバスだったんだ」

にゃあ。とかすれた声で猫が鳴き、タイヤにその体を擦り付ける。

「おいチビ。傷をつけるなよ。このバスはてめぇと同じくらい年寄りなんだからよ」

不意に、小百合の頭に一つの風景が浮かんでくる。それは猫と修司の散策する姿だ。彼らはこうして、毎日同じルートを歩く。連れ立って、時に文句を言いながら。

こつこつと、杖が地面を叩く音が聞こえる。夕日に染まる町の色、ボンネットバスに触れる修司の老いた手に、タイヤに体を擦り付ける猫……チビの姿……。

「修司さん、このバス大事にしてるんですね」

「バカにするな。俺ぁこれでもバスの運転手だよ。昔、このバスを運転したこともある……もう何十年も前だ。あの頃は、ガキが何ダースも観光に来てたっけ。派手な音楽流してよ、何度も駅と遊園地を往復して……でも廃園になっちまって、そのあとに観光バスの運転手に転職……して……日本中、あちこち運転を……」

修司は過去を思い出したように目を細めるが、ふと真剣な顔になる。

「いや……運転手……だった。俺があちこち飛び回ってる日に倅が死んで、そのあとに母ちゃんが死んで」

修司の声のトーンが静かに変わる。ようやく目が覚めたように彼は、地面を見つめる。

真っ白な大地、そこに伸びる影は小百合とケンタと……そしてチビだけ。

そこに彼の影は映らない。

「そうか」

激しい蝉の声につられるように修司が空を見上げた。

「……最後にあの家に残ったのは俺とチビだけだ」

今年も蝉が元気に飛ぶ。それを見上げて、小百合は目を細めた。

これほど幽霊の多い波岸町でも蝉の幽霊は一度も見たことがない。彼らは生きに生きて、未練も残さず死ぬからか。

人間も未練を残さず死ねば、幽霊に成ることもないのだろう。

修司は足を止め、周囲を見渡した。

「こんなに静かだったかな、この町は……こんなに寒かったか、夏は」

彼の冷えきった体に触れると、熱っぽい香りが小百合の中に広がる。皺まみれの腕や、くたびれた布団の感触も……修司の記憶だ。

家族に先立たれた記憶、猫と一人と一匹の気ままな生活。やがて彼の寿命は尽きていく。

彼の目が見ていたのは天井だ、仏壇だ。家族の写真だ……そして、修司の顔を覗き込む綺麗な二つの緑の瞳。

「違う、違う、違う……家なんざないんだ、もうないんだ。全部壊して潰して」

修司は混乱するように頭を振り、やがて杖を取り落とす。

「……俺が死んだから」

呆然と修司が呟いた。

死への恐怖、抵抗、怒り、受諾。修司の感情が伝染し、小百合の胸に鈍痛が広がる。

こんな痛み、抱くのは一回で十分だ。それなのに幽霊たちは何度もこの感覚を繰り返すことになる。

「じゃあ、なんで、俺はこんなところに」

「未練を残して死ぬと未練が足を引っ張って……幽霊になるんです」

小百合は眩しい太陽光を見上げて、顎に伝わる汗を拭う。

人は未練の重さで地上に縛り付けられる。そう小百合に教えたのは、誠一郎である。

足かせになるのは、恨みだ。悲しみだ。苦しみだ。

「未練は人それぞれだけど、私が救ってあげられる」

修司は頭を押さえたまま小百合を見上げる。その目の奥にちらつくのは未練の煤の色。

「お前……学生じゃないな。なにもんだ」

「除霊師」

そして除霊師とは、彼らを救うことのできる、ただひとつの存在だ。

チリン、と音を鳴らして小百合の後ろを自転車が過ぎていく。どこかの家から、煮物の匂いがする。おばあさんたちの井戸端会議の声に、人々の体から伸びる黒い影。

こんなにも生者の気配が濃くなる夏、しかし幽霊はこの空気の中には交じれない。

「修司さんが食べたいもの……教えて」

目の前の魂を吸い込むように深呼吸をする。ケンタがわざとらしいため息をついて、尻尾を地面に叩きつけた。

気にせず小百合は目の前の冷たい空気をぎゅっと抱きしめ、引き寄せる。体の奥深くに押し込んで……そして飴玉でも飲み込むように喉を鳴らした。

小百合が自室に滑り込んだのは、空気が茜色に変わり始めた頃だった。

部屋の惨状を目にした修司が一瞬声をつまらせ、付いて来たチビは嫌そうに尾を振る。

少しばかり傷ついた小百合だが、敢えて気づかないふりをした。

（……これ、お米の味だな。お米と……あと……）

幽霊を飲み込むと、少しの抵抗と重さが体に加わる。目を閉じれば彼らの人生と彼らの味覚が蘇り、そこにささくれみたいに引っかかるものがある。その味を小百合は探るのだ。

じっと目を閉じれば色々な食べ物が彼の思い出と共に蘇る。浮かんでくるのは遠い町で食べた名物料理、バスで食べたお弁当、家族の笑顔、賑やかな食卓。

（……でも、どれも決め手に欠けるんだよなあ）

食べたいものはいくつも浮かんでくるのに、どうにもしっくりとこない。

死を自覚した悲しさが、彼から思考を奪い寡黙にさせていた。

「ああもう。悩んでたらお腹空いちゃった」

部屋の中を歩き回るうちに小百合の腹がぐうと鳴る。そうなればもうたまらない。小百合はとん、と胸を叩く。

「修司さんもお腹減りませんか？」

「いや俺は」

「減ってるはずです。分かるもん。ご飯の前につまみ食いしよう」

ケンタが文句を言いたそうに顔を上げるが、喧嘩の途中だということを思い出したのか慌てて顔を伏せた。

そのすきに小百合は皿に卵と牛乳を溶き広げる。紙袋から恭しく取り出したのは、湿気って皮の寄ったどら焼き、最後の一つ。それをクリーム色の液体に沈めれば、やがて手で持つこともできないくらいの柔らかさになる。

吸い込ませすぎないように気をつけて、小百合はそっと引き上げた。

「パンと違ってすぐ吸い込むから気をつけて……」

加熱したフライパンには、バターをおどるくらいたっぷりと。その上に慎重にどら焼きを載せ、両面にしっかり焦げ目をつける。

ふっくらと焼き上がっていく黄金色を見つめ小百合は目を細めた。

（どら焼きの……フレンチトースト！）

皿に載せるのも待ちかねて、小百合はフォークで大きなひとくちを切り取る。

熱々のうちに口に放りこめば、口の中いっぱいに甘い湯気が広がった。熱された粒あんは優しい甘さになって、口の中にとろけだす。

町の人々の思い出が詰まった粒あんを噛みしめれば、自然に笑みが溢れた。それを感じとったのか、小百合の中で修司の吹き出すような笑い声が響く。

「えらく幸せそうに食うな」

小百合の中にいる修司にもこの味は伝わっているはずだ。体の奥から響く彼の声は先程よりずっと優しくなった。

優しい甘さはゆっくりと心の錠前を溶かしていくのだ。

「甘いものって、少し幸せになれるでしょ？」

どら焼きが一口一口減っていくうちに、やがて修司がぽつりと呟いた。

「……長いのか、留守番は」

修司の声に柔らかいものが混じる。彼は小百合の目を通して机の上に散らばった白い手紙を見たのだ。

宛先は葛城小百合様。差出人は葛城誠一郎。何百回も読んだその手紙に触れて、小百合はぬるい温度の床に腰を落とす。

「もうすぐ1年……かな」

「娘を残してひどい親父さんだ。留守番は寂しいだろうよ。こんな寂しい町だと特にな」

「実は義理のおとうさんなんです。私、小さな頃に引き取られて」

小百合は記憶力の良いほうだ。それでも小百合の記憶は誠一郎と共に始まる。

それは幼い記憶。綺麗なランドセルを背負っていたので、きっと小学1年生だろう。誠一郎の大きな手に掴まれて、たどり着いたのは大きな家の広い台所。誠一郎は幼い小百合を食卓の椅子に座らせて食事を用意してくれた。それが小百合の最初の記憶。

それより前のことはまるで靄がかかったように覚えていない。記憶の奥に黒い小箱があって、その中に過去が閉じ込められているようだ。

だから母という存在を小百合は知らない。祖父母も、きょうだいもなく、幼い頃から小百合の世界には誠一郎ただ一人。

「そりゃ、言いにくいことを……」

「ありがとう、大丈夫」

気遣うような修司の声がくすぐったく、小百合は机に頬を押し付けた。窓の外、茜の色がきらきら輝いている。

今日も誠一郎のいない一日が暮れていく。昨年の夏、たった一人でこの夕暮れを見たときは寂しくて仕方がなかったが、今はその気持も薄くなった。

ケンタや町の人々、幽霊たちが小百合の寂しさを上書きしていく。そして、誠一郎の懐かしい声や思い出は、長く離れれば離れるほど深みを増す。

「……お母さんは他の世界を救う正義のヒーローで、妹は世界で一番強い魔法使い」

夕日に手をかざし、小百合は呟く。

「……なんだそりゃ」

「だから私はこの世界に残って、幽霊を救うの……そう、義父《ちち》が教えてくれました」

それは誠一郎が繰り返し語ってくれた、おとぎ話のような物語。

いつも誠一郎は小百合の過去をごまかして、小百合は嘘ばかりのその言葉を信じた。

「それに今はね、ケンタがいるから寂しくないんです」

顔を背けたままのケンタを抱きしめると、彼は鼻を鳴らしわざとらしく伏せをする。

「女の子って案外強いでしょ？」

「本当だな。俺なんざ弱くっていけねえや」

周囲は夕闇が降りてきて薄暗い。一日が終わるそんな空気。

こんな時間を誰《た》そ彼時《かれどき》というのだ。幽霊の顔も、人間の顔も同じになるとき。

誠一郎は切ない色彩のこの時刻を一番好んだ。幽霊の気持ちがよく分かる時間だと、そう言っていた。

修司が小百合の目を通して空を見る、夕日の色を見る。そして机の上の便箋を見て修司がふっと息を吐く。

「……俺も仕事で遠出する時にゃ、家族に旅先から手紙やハガキを出したもんさ」

部屋の隅、チビがくるりと丸くなる。暮れの光に照らされて、彼の毛が茜色に染まる。

「出す相手がいなくなったあとも癖が抜けなくってよ。仕方なくチビに出してた。笑えるだろう？　猫相手に出したんだ……猫相手によ」

小百合の中に広がるのは、大きな仏壇、古びた畳、家族の写真……チビの尻尾、その尻尾に撫でられる白いハガキ。

それを見つめる修司の目線と……真正面に座る猫の視線。

その瞬間、小百合の中で何かがストンと音をたてる。口の中いっぱいに、思い出の味がふわりと浮かび小百合は手を打ち鳴らしていた。

香り高い出汁の匂い、甘い米の味……お醤油のさっぱりとした香ばしさ。

「……あ、分かっちゃった。修司さんの未練」

「え？」

「チビ」

小百合は振り返り、チビの名を呼んだ。彼は声も出さずに小さく鳴く。

チビの瞳は剥きたての葡萄みたいな緑色。その瞳には、常に修司の姿が映っている。

向かい合う二人、手に取る赤い箸に赤い茶碗。

様々な記憶が溢れ、小百合は思わず立ち上がる。

「一緒に食べたいもの、ですよね」

やはり夕暮れは、幽霊の気持ちを溶かす作用があるらしい。

「すぐ作ろう。今すぐ。美味しいやつ、早く食べよう」

ざ、ざ、ざ、と音を立てて小百合の手元で米が踊る。釜に入れた真っ白な米を、リズミカルに研いでいく。

料理を始めると、心が軽くなる。気分がどんどんと明るくなる。

何か温かいものに包まれている。そんな気がする。

「相変わらず手間のかかる除霊だな。俺が噛んでおけばすぐ終わったのによ」

ケンタが何か黒いものを噛みちぎりながらぶつくさと文句をこぼした。

「ケンタ何してるの」

「お前が幽霊連れ歩くせいで、部屋の中が悪霊の大運動会だよ」

ケンタが噛みちぎっているのは、幽霊を狙う悪霊だ。

ケンタが黒い靄を吐き捨てると、薄暗い部屋が一気に明るくなった。

「もう、ケンタ、口きいたと思った途端にうるさいんだから」

「今日は米はやめろと言ったはずだが？」

「だーいじょうぶ。任せといて。ケンタも一緒に食べようね」

「何が任せろだ、お前は食うことばかりじゃねえか」

くく、と小百合の体の中で修司がこらえ笑いをした。

「お前、犬と喋れるのか。変わった小娘だな……俺もチビと話ができりゃ、文句の一つも聞いてやれたかもしれないな」

床に伏せって眠ったふりをするチビは、小さく耳を動かしただけ。それを小百合は横目に見て、続いて行平鍋を取り出す。

「んで、お米を炊いている間に……」

鍋に入れた水が沸いたら火を止めて、その中に鰹節をざっくりふたつかみ。

もう一度火をつければフリルみたいな鰹節が、踊るようにふわふわ揺れる。香りをまとった湯気が部屋を染める。

「うん。いい出汁の香り」

暮れつつある部屋の中、鍋の周りだけが美しく輝いた。

目を閉じれば、脳裏に修司の手が視えた。

古い台所、使い古した鍋。ストップウォッチでしっかりと時間をはかる皺だらけの指。

きっかり2分経てば火を止めて、小百合が用意したのはザルとキッチンペーパーだ。

キッチンペーパーを置いたザルをボウルに重ねて、小百合は慎重に出汁を濾す。

(勢い付けないように丁寧に……)

透明なボウルの中、鮮やかな黄金色の出汁が取れた。溢れる鰹節の香りは海の匂いに少し似ている。

「少し冷ましながら、お米待ち……っと」

料理中の待ち時間は素敵だ……と小百合はいつもそう思う。腹が空いて、切なくなって、楽しみでワクワクする。

記憶はミルクレープだと誠一郎は言っていた。ミルクレープみたいに記憶が重なって、一つの人生になる。記憶の合間に挟まった思い出の食べ物を小百合は引き出す。それが小百合の除霊法である。

やがて空の色が変わる頃、炊飯器からのどかな音が響き渡った。

蓋を開けると、そこには真っ白な炊きたてご飯。甘い湯気が顔を撫でて、温度がまた少し上がった気がする。

「で？　お前は結局、なにを作って……」

熱い米を恨めしそうに見るケンタの頭を軽く撫で、小百合はそれをボウルに移す。さらにもう一回り大きいボウルに水を張り、上に浮かべて風を送ればやがて米はじんわりと冷えていく。

「さあ美味しく仕上げよう」

小百合が取り出したのは大きなお椀一つに、小さなお椀が二つ。それぞれに冷めたご飯を盛り付けて、一呼吸。

ご飯に輝くような鰹出汁をたっぷりと注ぎ、その上から散らすのは赤や青、黄色に輝くカラフルなあられ。それに追加の鰹節もたっぷりと。

「……わさびと、梅干しも」

唸るように、修司が呟くので、小百合は思わず吹き出してしまう。

「あれば、だ」

「ありますよ」

大きなお椀の中に、ぽとりと落とすのは塩の塊みたいな梅干しと、チューブのわさび。

単調なお椀が、一気に美しく彩られる。

「……完成、ねこまんま！」

「はあ？　そんなものが未練？」

ケンタが奇妙な顔で眉を寄せるが小百合は気にせず大きなお椀を机の上に。わざと味をつけなかった小さなお椀二つは床に置く。

「今回は、これを食べたい。って言うより……」

修司が小百合に気を許した瞬間、この言葉と香りが小百合の中に溢れてきたのだ。そして、その風景も。

小百合は寝たふりを決め込むチビをそっと抱き上げ、小さなお椀の前に下ろす。

「ね、修司さん。未練はこの味だけじゃないですよね」

「……未練……？」

修司が呟くと、チビの鼻がぴくぴく動いた。

彼の鼻先にあるのは、黄金色の出汁に沈むご飯の、ねこまんま。

「一緒に食べたい相手がいる……でしょ？」

修司は息を呑み、チビは小百合を見上げたあと、ゆっくりと一回だけ瞬きをした。

「ケンタも一緒に食べよう。みんなで一緒に食べるほうがきっと美味しいよ」

小百合は微笑む。修司の未練がゆっくり溶け出していくのが分かるのだ。

「食べ物の未練って、すっごく重いんだから。ね、修司さん、これを一緒に食べたかったんですよね」

小百合は箸を取り、大きなお椀を引き寄せる。修司の分だけ、お醬油をひとたらし。

ちょうど冷めて、犬舌猫舌にもいい温度。

小百合は手を合わせ耳を澄ませる。未練の散る音を、聞き逃すまいとするように。

「さあ……一緒に食べよう」

小百合のものか修司のものか分からない、腹の音がきゅうっと鳴った。

するりと口の中に吸い込まれるのはプチッとした米粒に、鰹節の柔らかい味。

ぬるい出汁は甘く、滋養のある味がする。

わさびのぴりりと辛いところも美味しいし、口がきゅっとなるほど酸っぱい梅干しはもっと合う。

「梅干しもわさびも、チビが食べられないのが残念ですね。こんなに合うのに」

「一度わさびが鼻先にくっついたことがあってよ。そりゃ大騒ぎさ。それ以来、わさびのチューブを見るだけで警戒されたっけ」

米を噛み梅干しを一口齧るたびに、修司の声が柔らかくなっていく。

ちらりと見れば、ケンタも不機嫌そうに器に顔を突っ込んでいた。その顔が少しだけ嬉しそうで小百合はほっと息を吐く。お米には小言を防ぐそんな力がある。

（……鰹節って、海の味がする）

柔らかい米を包み込むのは潮っぽい海の香りだ。今の波岸町には海がないが、海が近くまであった大昔、この町はこんな香りに包まれていたのだろう。

見ればチビも素直に背を丸め、ゆっくりと米を噛みしめている。やせた背に逆立つ毛が、茜色に染まっている。

「チビ」

小百合の口が自然に動く。それは小百合の声であり、小百合の声ではない。

チビは少し不機嫌そうに顔を上げ、何事か鳴く。

「文句があるのか？　うちに来たとき、チビだったじゃねえか。そうさ、三途川で溺れてたのを助けたんだ。魚を狙って落ちたんだろう。昔から食い意地の張ったヤツでね」

チビがまた何か呟き、修司が返す。

小百合にはチビの言葉は分からない。しかし修司はまるで会話を楽しむように笑う。

「……ああ。あっちの世界にゃ、母ちゃんも倅も待ってる。逝きたいが、体が地面にくっついて離れないんだ。そのうち記憶も曖昧になって、死んだことさえ忘れてた……この姉ちゃんが来るまでは」

「修司さん、チビの言葉が分かるんですか？」

「さあてな。姉ちゃんほどしっかり話ができるわけじゃねえが……」

修司の声から、先程までの未練が、ゆっくりとゆっくりと溶けていく。

「ほら姉ちゃん、チビの顔を見てみろ、あれはな、俺を責めてる目だ」

小百合の中に一つの風景が広がった。そこは古い仏間だ。

最初は修司と女性と青年の三人家族。そこに小さなチビが加わり四人家族。時が過ぎると青年が消え、女性が消えた。代わりに仏壇には一つ、二つと位牌が増える。

時に喪服で、時に仕事着で、修司は仏間に座っていた。曲がった腰でよろよろと、炊飯器を運ぶ。使い古した鍋にたっぷりの出汁、二つ並んだ赤いお茶碗。

青い畳もやがて茶色くなる。その上で修司は正座をして、チビは背を丸めて。

「せっかく自由になれたのに、いつまでいるんだクソジジイって言ってやがる」

そうだ。二人はこうして向かい合って食べてきた。共通の言葉など必要ない。二人はずっと会話を交わしてきた。

「20年前にチビを拾って、それから倅が死んだ。母ちゃんも死んだ。その先はずっと二人きりだったんだ。気づけばどっちも爺だ……ああ、すっかり爺になっちまった」

修司の記憶にある仏壇には、ハガキが見える。旅先から書いたというハガキだろう。裏に書き殴られている言葉は短い。宛先には、チビ。とだけ書かれている。

そんなハガキを目の前に、二人がすする、鰹節のねこまんま。

二人の日常がひとかけら見えた気がする。

「ずっと、一緒に食べてたんですね」

「猫ってのは面倒だ。あれは食えねえ、これも駄目だ。でも鰹節と米だけのねこまんまなら、食えるだろう」

修司は言い訳をするように吐き捨てた。そして苦しそうに息を吐く音が響く。

「……でも、あの日は食えなかった」

小百合の中に広がったのは仏間で修司の帰りを待ち続けるチビの姿だ。

チビが食べるのをやめて小百合を……修司を見上げる。乾いたチビの鼻先にそっと触れると、彼らの記憶がまるで共演するように重なり揺れて小百合の中に広がっていく。

修司が家を出て一週間。いつものハガキは届かない。布団はたたまれたまま。そのうち机の上には埃が溜まる。近所の人が折々家にやってきて、チビの前にエサを置いた。しかし床に落ちた赤い茶碗に、ねこまんまが盛られることはない。

二週間、一ヶ月。赤い茶碗は床の上で乾いたまま。

やがて玄関が開き、慌ただしく黒服の人間が現れる。ようやく帰ってきた修司の体は冷たくかたい。チビが急かすように鼻先でつついても、彼は何も答えない。

チビは赤い茶碗を手の先で転がし、彼の鼻先に運ぶ……それでも動かない。食べよう。そう囁いても彼はもう答えない。

仕事から帰ってくれば一緒に食べる、ねこまんま。長年の約束が初めて、破られた。

「……食べそこねていた最期の一膳か」

命を失う前、食べそこねた最期の一膳。修司はぐっと、最後の一口を飲み干した。

二人で向かい合うこの1杯が、修司の未練。

……誠一郎が帰ってくれば何を一緒に食べようか。小百合はそんなことを考えた。


ふと、小百合の腹の奥が軽くなる。そして温かくなる。温かさがこみ上げるように、目の縁に涙が膨らみ……頬を伝って転がり落ちた。

「美味しかったですか？」

するりと、何かが体から抜け出していく感覚……これはいつまで経っても慣れない。倒れないように体を張って、小百合は顔を上げる。

「ああ。丁寧に作ってくれてありがとうよ。人様の作った飯なぞ久々だが、うまかった」

遠くから、夕焼け小焼けの音楽が町を染めるように鳴り響く。時計が壊れて時刻がずれているせいで、いつも数時間遅れで鳴る17時のチャイム。静かな宵に響く郷愁の音を小百合は聞き入る。

幽霊たちは未練が消えれば帰っていく。それは小百合の知らない遠い場所だ。

「向こうで家族が待ってるね」

向こう、と言いながら小百合はつい空を見る。そこに天国などあるはずがない。

しかし人は故人を思うとき、天を見上げる。あの美しくて広大な空に大切な人が暮らしていてほしい。そう願って空を見る。

「生きてた頃はよ、とにかくチビが死ぬのが怖かった。チビも年だ。明日死ぬかもしれねえ、今日の夕方かもしれねえ。おっかなびっくり触って温かいと安心したもんさ……まさか俺が先に死ぬとはね」

修司の目が、優しくチビを見つめる。

チビは透き通るような目で修司を見つめる。足を揃えて、尻尾を足の上に置いて。

「年寄り猫一匹気にかけて、満足に死ぬこともできねえクソジジイだと、言いたそうな顔をしてやがる。分かってる。あいつは、いつまでも残る俺を心配して除霊師を雇ったんだ……猫が除霊師を雇うなんざ、前代未聞だよ」

チビは静かに一度だけ鳴いた。

「先に呑気に過ごしておくさ。チビが来るのは、ずっとあとでいい」

柔らかい靄が、一瞬だけチビを撫で、小百合に深く頭をさげ……そして、不意に消える。

「……逝ったか」

「うん」

ケンタが気遣うように頭を小百合の肩に擦り付けた。

チビといえば顔を拭う、体をなめる。まるで何事もなかったような顔で体を整え、小百合を見上げる。

「……」

彼はしわがれた声で鳴いて、小百合の足に頭をこすり付けた。

ありがとうと、聞こえた気がした。

「うん、言葉が分からなくても、なんとなく分かるね」

温かいその感触に、小百合のまぶたがゆっくりと落ちていく。

「……美味しかったね」

至福感と達成感と……口に残る美味しい料理と、体に残る少しの寂しさ。それは幽霊が残す寂しさなのかもしれない。いつもその寂しさを抱きしめて小百合は眠る。

（ケンタ……）

呟いて、ケンタの体にぽすんと落ちる。

部屋はもうすっかりと闇の色。空っぽのお椀だけが、少しだけ寂しく残されていた。

小百合が眠りから覚めたのは深夜過ぎ。チビが玄関に爪を立てる音に起こされた。眠い目をこすって扉を開けてやると彼はするりと外へと滑り出す。

「待ってチビ、一緒に行こう」

尻尾と鈴の音を追って、小百合も道を東へ、北へ。町はすっかり眠りに落ちていた。

「チビ、この道って……」

細道、古びた看板、そして袋小路。それは小百合の中に残る修司の記憶と合致した。

角を曲がると、古い木と土の香りがする。

修司の記憶にあった家はすでにもうない。布で覆われたその場所は、解体が半分以上進んでいる。

天井も壁もなく、庭には古い畳が重ねられていた。カバーの向こうから香るのはこの家の思い出だ。舞い上がるのは家の過去だ。

思わずチビを抱きあげれば、不意に背後から名前を呼ばれた。

「ま～あ小百合ちゃん？　良かった、チビを見つけてくれたの？」

そこに立っていたのは、顔を真っ青にしたお婆さん……手芸店の山本《やまもと》さんだ。

「ここのお爺さんが亡くなって。チビちゃん、うちで預かることになったの。でもねえ、時々脱走してね。いつもは夕方には戻ってくるのに今日は戻ってこなくて……」

町一番のおしゃれで知られる彼女だというのに今は寝間着姿で靴はちぐはぐ。

チビがいなくなって、眠るに眠れず探しに出たのだろう。その姿に小百合は息を吐き、チビの頭に頬ずりをする。ごろごろと重低音の心地いい音が小百合の耳に響いた。

「……良かったね」

「おいで、チビ。家に帰ろう」

温かいチビを山本に手渡し、小百合は微笑む。

「多分もう、脱走することはないと思いますけど」

「分かるの？」

「でも寂しがりみたい。だからこの子と一緒にご飯食べてあげてください」

チビは緑の目を薄く開け、解体中の家を見つめて小さく鳴く。やがて山本の手に頭を擦りつけ、心地よさそうに目を閉じた。

……もう大丈夫だと、小百合は確信し息を吸い込む。

そして足元の温かい塊を、そっと撫でた。

「ケンタ、付いてきちゃったの？」

顔を下げればいつからそこにいたのか、げっそりとした顔のケンタがいる。疲れ果てているのか、左目の琥珀色も濁って見える。

「勝手に出歩くな。夜は幽霊が増えるんだ」

彼は不機嫌の極みのような顔をして小百合を睨む。

そして彼は去っていく山本とチビの後ろ姿を細目で見つめた。

「で？　結局タダ働きかよ。生きていくのには金がかかるんだぞ」

ケンタの鼻が足を突き、くすぐったさに小百合は思わず含み笑いを漏らす。

「死んだらお金なんて持っていけないのに？」

「そのセリフ、ババアになるまで取っときな」

通りすがりの幽霊に威嚇しながら進みかけたケンタだが、何かを思い出すように足を止めて振り返った。

「よく頑張ったな、お嬢さん」

街灯の下で振り返るその姿は、半年前の出会いを思い出させる。

ケンタと初めて出会った日、小百合は少し危険な幽霊と相対していた。雨上がりの冷え込む夜、濡れた地面が薄く凍っていたことを覚えている。

幽霊の冷たい腕が小百合の腕を掴み、思わず固く目を閉じた瞬間、大きなシェパード犬が突然現れたのだ。

その姿は誠一郎と一緒に消えた飼い犬のケンタにそっくりだったため、小百合は誠一郎が帰ってきたのだと早とちりした。しかし次の瞬間には、それがただのぬか喜びだったと思い知る。

その犬は勇猛にも悪霊に噛みつき突き飛ばし、引きちぎった。そしてものも言わずに立ち去りかけ……しかし彼は足を止め振り返った。

真っ白い街灯に照らされた彼は、白い息を吐きながら呟いたのだ。

とても低く落ち着く声で。

『怪我はないか、お嬢さん』

そんな、非日常の出会いからおおよそ半年。なぜケンタは小百合とだけ喋れるのか、その謎は謎のまま。

「ねえ、なんで」

どうして一緒にいてくれるのか。言いかけた言葉を小百合は飲み込む。その答えを聞くのがなんとなく怖かった。

「どうした？」

「名前……ケンタ、でよかったの？」

ごまかした言葉にケンタは呆れ声で返す。

「今更かよ。名前ごと記憶喪失なんだ、お前の呼びたいように呼べばいいさ」

結局、彼は小百合の愛犬ケンタではない。記憶を失った彼をどう呼ぶか迷った結果、ケンタ。で落ち着いた。そのせいだろうか。時折小百合は不安に襲われる。

(突然……犬に戻ったらどうしよう、なんて)

小百合はケンタの温かい首を抱きしめ、鼻を埋める。

(言ったら馬鹿にされるんだろうなあ)

ケンタの温もりを抱きしめれば、もう眠くてたまらない。

「そこで寝るなよ。悪霊の餌食になりたいのか。とっととお前の家に帰るぞ」

もしケンタがいなければ、こんな除霊のあとだって寂しく虚しいものだったに違いない。

そんなことを想像して、小百合は小さな震えを押し隠す。

「……うん」

今日も幽霊たちが町をさまよう。幽霊で暗く賑わう道に足を踏み出して、小百合は夏の香りを胸いっぱいに吸い込んだ。

第三話　彼女は「喧嘩」を除霊する

背後から足音が響くときに足を止めてはいけない。振り返ってはいけない。顔を上げてもいけない。

気づいたことに、気づかれてはいけない。

（……ここ、どこ……？）

小百合は目線だけで周囲を探る。低い天井、左右に迫る壁。鈍い黒に光る床。ここは見覚えのない場所だった。

分かることはただ一つ。

（足音）

後ろから誰かに付けられている、ということだけだ。

（ケンタ？）

いつものようにリードを引こうとするが、右手が掴んだのはただの空虚。

動揺した小百合は思わず足を止めた。

（ケンタ、どこ）

小百合が止まれば同時に足音も止まり、冷たく生臭い風が吹く。

引き寄せられるように振り返った先に見えたのは、夜で塗りつぶしたような黒い闇。

それは闇ではない。瞳だ。真っ黒な眼球に小百合の顔がくっきりと映し出されていた。

（……しま……った）

「さ……ァゆリ……」

金属音のような不快な音が、辺り一面に響き渡る。

大きく見開かれた黒い瞳が小百合を見つめている。

「た……」

そして震える声が、小百合の耳を撫でた。

「……て」

それは小百合が昨年から繰り返し見る悪夢である。

「っ……いっ……たぁっ」

小百合の意識を引っ張り上げたのは、叩きつけるような激しい雨の音。それと頭を殴打した鈍い痛みだった。

「……何!?　本!?」

「ちったぁ片付けろ」

吐き捨てるようなケンタの声で、小百合の頭は完全に覚醒する。

気づけば小百合の体は、布団から大きくはみ出し部屋の隅。寝転がりながら棚にぶつかった結果、詰め込んでいた雑誌が小百合の頭に降ってきたらしい。

「お前の隣では二度と寝ないからな。お前が蹴るからこんなに毛並みが崩れて……」

ケンタの小言も右の耳から左の耳へ。小百合はぼうっと自分の手を見つめる。

(夢？)

目を開いても、まだ現実味が薄い。しかし息を吸い込むと意識が段々と覚醒する……そうだ、先程まで小百合は悪夢の中にいた。

この悪夢を見始めたのは去年の秋頃。最初は遠くに悪霊が視えるだけだった。二度目の夢でそれは少しだけ近づいてきた。三回目、四回目。悪霊は段々近づいてくる。

……今回、とうとう隣にそれは来た。

視えない人が見る悪夢はただの夢だ。しかし除霊師の悪夢は何かしらの意味がある。とは、誠一郎の言葉。

(ケンタが、いなかった)

幽霊に対する恐怖心はない。しかし右手が掴んだ空虚感を思い出すと、小百合の背が冷たくなるのである。

「おい、大丈夫か？」

「ケンタ」

心配そうに顔を覗き込むケンタの首筋に鼻を埋め、小百合は深呼吸を繰り返した。

じっとり湿った夏毛の甘い香りが、小百合の頭をようやく現実に引き戻す。

「お……おい、人を抱き枕代わりに使いたいのは分かるが、もう誤魔化されねえからな」

吐き捨てるような言葉とは裏腹に、ケンタの尻尾が激しく揺れる。その風で、落ちた雑誌のページがはらりとめくれた。

ちょうど開かれたのは、最終ページの占いコーナー。

「違う。これは勝手に動くんだ。別に嬉しいとかそういう」

逃げようとするケンタを掴んだまま、小百合は雑誌に指を伸ばす。

（しし座の……今月の占い）

「おい、お嬢さん！」

（人助けは積極的に手を貸しましょう。ただし面倒事と運動不足には要注意……）

小百合は世の中に流布するオカルト類を信用していない。本物のオカルトを語らせれば除霊師の右に出るものはいないからだ。

したがって、占いも信用などしていない。しかし目に入ると読み込んでしまう。

これも去年からの癖だった。

「おい、勘弁してくれ」

(ラッキーカラーは黄色。それに久しぶりの)

文字を指で追いかけて、小百合ははたと顔を上げた。

(……久しぶりの再会あり)

占いのページを掴むと、小百合はケンタの体を弾き飛ばして立ち上がる。

雨の音に負けない音で、家のチャイムが響き渡ったのだ。


扉を開けると、斜めに吹きつける白い雨が小百合の顔を濡らした。

「まさか」

しかし気にせず小百合は素足のまま外に飛び出す。鼻先に届くのは夏の湿度だ。足に感じるのはぬるい夏の温度だ。

開け放った扉の向こう、大きな蛇の目の傘が見える。その人物から湧き立つ甘い香の匂いが、陰鬱な空気を振り払う。

「……誠一郎さん!?」

骨の多い傘がくるりと回ると……傘の下に見えたのは、一人の男。

「お久しぶり、小百合ちゃん」

低く落ち着いた声で彼は微笑む。その柔らかい笑顔を見た瞬間、小百合の肩が少しだけ下がった。そんな小百合の顔を見て、彼は寂しそうに目を細める。

「がっかりしないでください。さすがに少し傷つきます」

艶のある猫っ毛に整った顔立ち、スラリと高い身長。まるでモデルのような立ち姿だ。

しかし彼が身につけているのは黒い袈裟《けさ》。それに薄曇りの中に光る白い足袋。

今日は袈裟の裾に少しだけ泥がついている。しかしその泥さえ、不思議と輝いて見えた。

「招福《しょうふく》さん」

完璧な立ち姿で静かな微笑みを浮かべるこの男の名前を、招福という。

年齢は小百合と一回り違うのでもう30は越えているはずだ。いつまで経っても年齢らしい貫禄が身につかないのが悩みだ……といつか聞いた記憶がある。

そんな愚痴をこぼすときでさえ、穏やかに微笑む人だった。

……そして彼の隣には、いつも誠一郎の姿があった。

「ごめんなさい。がっかりじゃないの。お久しぶり、招福さん！」

小百合は落胆の味を飲み込んで、彼の体に飛びつく。

「剃髪《ていはつ》姿も似合ってたけど……髪の毛伸びたね」

「あれは儀式で剃っただけなんです。剃髪の方が僧侶っぽいんですけどね。でも手入れが面倒で……」

彼は小さな子供にするように、小百合をそっと抱きしめてくれる。腕に巻き付けた数珠が、清らかな音を立てた。

「髪が伸びるまで会っていませんでしたか。すっかり不義理にしていました」

「とうとう誠一郎さんみたいな言い訳するようになったね、招福さんも」

誠一郎の名前を出すと、彼は少しくすぐったそうに笑う。その袖には黄色の花びらが名残みたいに付いていた。それは瑞々しい菊の花。

「招福さん、お仕事でお墓参り？」

「ええ……ああ、そうだ。小百合ちゃん。ポストから溢れてましたよ」

「手紙！」

彼は懐から一枚の封筒を差し出す。そうだ、今日は16日だ。小百合は息を呑み、あたふたとそれを抱きしめる。

「そうだ。招福さん、部屋、部屋に入って。お茶だけでも……あ。部屋を片付けるからちょっと待って……5分だけ！」

目を白黒させる小百合を見て、招福は吹き出した。

「小百合ちゃん、変わっていなくて安心しました……いえ、ちょっと変化が？」

穏やかな招福の目が、ふと小百合の足元を見る。

「ケンタ……ですよね。もしかして、帰って来たんですか？」

ケンタ、の響きに小百合の額に汗が浮かぶ。かつて小百合が飼っていた、気弱な愛犬ケンタ。しかしこのケンタは違うのだ……と、説明するには少々複雑すぎる。

「ケンタってこんな攻撃的でしたっけ？」

気がつけば小百合の足元にケンタが寄り添って、低く唸っている。

ケンタと〝話ができる〟と説明したところで、招福は信じないだろうし、下手すればケンタを悪霊だと決めつけかねない。

……ケンタと言葉が交わせるのは、小百合とケンタだけの秘密だ。

小百合はケンタの口を押さえ、笑ってみせた。

「色々苦労したみたいで……えっと、それでね」

「じゃあ、ケンタも一緒に行きましょうか」

「行く？」

「昔はよくケンタを除霊につれて行ってたじゃないですか」

招福は小百合の前に一枚の薄い書類を垂らしてみせる。

賃貸契約書、本年度の更新分。保証人の欄に招福の名前が刻まれている。

「今日、アパートの更新の手続きに。そして、その大家さんからの除霊依頼です」

「大家さん？」

小百合は招福を見つめ、首を傾げた。契約書を持つ彼の手を、黒い影が掴んでいるのだ。

彼に張り付く影は一つではない。肩に、腕に、足に。どろりとした黒い影が張り付いて、すがるようにもがいている。

「えっと……ここじゃなくって？」

小百合は彼の袈裟にそっと触れた。それだけで指先に染みのような黒い煤がつく。

しかし招福は気づきもせず、小百合を見つめ呑気に微笑むのだ。

「ここに幽霊なんていないでしょう？　現場は商店街の向こうです。行きましょう」

呑気に遠くを指差す招福の周囲を、ぞろりとした黒い影が取り囲んでいた。


「お嬢さん。待てのできた良い子の俺にかける言葉は？」

傘を握って歩く雨の中、ケンタが不機嫌そうに吐き捨てる。

「俺はお前の飼い犬じゃないと、否定してもよかったが面倒になりそうなので止めた。それについてのお礼は？」

「……ありがと」

「本当に、本当にありがとう、ケンタ。えっと。犬……の、ふりしてくれて」

犬用の分厚いレインコートに雨の音。ちょっとくらいケンタが唸っても、前を歩く招福に声が届く心配はない。

「それと、あいつに付きまとってる悪霊を、散らしてやってることも褒めてもらいたいもんだ」

ケンタはジャーキーを食いちぎるように、空中に噛みつき首を振るう。それだけで黒い影は崩れて飛び散る。

「なんだよ、この悪霊の数は」

招福が歩くたびに、黒い影が増えていく。

それは幽霊の吐き出す未練、そして悪霊。黒い影は集団となって招福の後ろをズルズルと付いてくる……まるで彼に救いを求めるように。

地獄に垂れた蜘蛛の糸みたいだ、と小百合は思った。

「……で？」

ケンタが吐き捨てて、上目遣いに小百合を睨む。

「あの悪霊に人気の胡散臭い坊主は誰だ」

「胡散臭くなんかないよ。本物の住職さんだし。誠一郎さんの一番弟子」

小百合はうつむいて、声を潜める。

「……一番弟子については自称だけど」

「自称？」

「……昔、誠一郎さんの所に弟子入りにきたけど、才能がなくて除霊師は諦めたの」

招福と小百合の出会いは5年前だ。そのとき、彼は僧侶になりたてで、剃ったばかりという頭を少し恥ずかしそうに撫でていた。

幼い頃から除霊師が夢だったという招福は、すっかり誠一郎に心酔しきっていた。が、残念ながら招福には除霊の才能がない。

「幽霊を視ることも声を聞くこともできないから……」

誠一郎に諭され宥められ、彼は渋々実家を継いで住職になった。しかし、除霊師の道を諦めたわけではなかったのだ。

住職になってからも誠一郎の仕事に付いてまわる。勝手に一番弟子を名乗る。あげく小百合に対しても、まるで兄弟弟子のような態度で接し続ける。

「誠一郎さんも誠一郎さんで、追い返せばいいのに、現場に連れて行くし……」

誠一郎はやけに招福に甘い。だから最初、小百合は招福のことが大嫌いだった。

「でもね、招福さん。視る才能はないんだけど、幽霊だけは惹きつけやすいの」

誠一郎が招福に構う理由を知ったのは、出会って3日目のこと。

視えないくせに、彼は人一倍幽霊に好かれやすい。放っておけば、あらゆる悪霊を引き寄せ特盛パフェのように背中に背負うことになる。

「余計に危ないだろ。あんなに寄せ付けて無事でいるはずが……」

ケンタが唸るのも仕方がない。普通の人間なら、悪霊が近づくだけで体調が変になる。それが重なれば倒れることだってある。

しかし招福には妙な才能があるらしく、どれだけ悪霊が憑いてもびくともしない。

誠一郎は招福の体を心配しつつ、ビジネスパートナーとしての価値を見出した。招福が引き寄せ、小百合や誠一郎が祓う。結果的に、助け合いのできるいい関係が築けている……そう、思っている。

「じゃあ、アレは……幽霊を無視してるってわけじゃなく」

ケンタが呆れたように喉を鳴らす。彼の視線の方向に招福の袈裟姿が見える。

その隣に立つのは線の細い女性の霊だ。雨が彼女の体を通るたびに、虹のように揺れるのが美しかった。

そんな美しさも幽霊の未練も招福には視えない、感じられない、声も聞こえない。

「本当に視えてないってわけか。おいおいポンコツじゃねえか」

「でも社会的地位は私よりずっと上だよ。それに私の面倒も見てくれて」

「面倒？」

「誠一郎さんがいなくなったあと、親代わりになってくれて」

昨年、小百合の19歳の誕生日。すなわち誠一郎が急に姿をくらました日、小百合に残された問題は山積みだった。

まず、収入の問題。誠一郎と暮らしていた都内のマンションは家賃が高すぎる。

家を追い出されたら、小百合の立場は途端に住所不定の自称除霊師。途方にくれる小百合を助けてくれたのが招福だ。

家の保証人、引っ越しの手伝い。当面の生活まで面倒を見てくれた。

「私が独り立ちで頑張ってる間、誠一郎さんをずっと探してくれてたし……」

しかし招福でさえ誠一郎の居場所を掴むのは難しい。帰らない日が重なるごとに不安を募らせる小百合を支えてくれたのも招福だ。

そして誠一郎からの一回目の手紙を見つけてくれたのも招福だった。ポストに入っていたと招福から渡されたとき、小百合はしばらく硬直して彼をひどく困惑させた。

そのときと同じ封筒が今も一ヶ月に一回だけ届く。今月の手紙もきっと、きっちり三枚。綺麗な字で除霊の話と心得と、小百合を案じる内容が書かれているのだろう。

「ふん。葛城誠一郎……か」

ケンタが顔についた雨水を不快そうにふるい落とす。

「ケンタ、誠一郎さんのこと知ってるの？」

「小百合ちゃん、なにか？」

小百合の声が思わず跳ね、招福が振り返る。小百合は慌ててケンタの口を押さえた。

「あ……えっと、せ……誠一郎さん……元気かな……って。まもなく1年だし」

雨に濡れた手を握りしめながら、小百合は記憶を探る。いつも大事なときの記憶が淡いのは、除霊のあとに深く眠ってしまうせいだ。

（たしか、あの日も雨で……仕事で……）

昨年の8月16日。小百合はその日のことをあまり覚えていない。仕事を受けた記憶はあるが、ひどく疲れる除霊だったと記憶している。

史上最低の気分で目覚めたとき、日付は18日になっていた。時刻は深夜2時。部屋から誠一郎が消えた代わりに招福がいて、彼は困ったように微笑んだのだ。

『誠一郎さんは、また旅に出てしまいました』

誠一郎の欠点は放浪癖だ。

1日、一週間。一ヶ月、なんてこともあった。しかし二ヶ月を超える放浪をしたことはない。だというのに、今回は史上最長の1年になろうとしている。

「気まぐれな人なので……」

招福の顔も少し曇っている。思えば、昨年から招福はどこか元気がない。

(招福さんだって、寂しいんだ)

小百合一人が寂しいわけではない。それに気づいて小百合はきゅっと唇を噛みしめる。

そんな小百合の手を、招福が優しく握った。

「お守りも新しいのを用意しました」

招福の手が離れると、まるで手品のように小百合の手の中にお守り袋が現れる。効果などない、ただの香入りの守り袋だ。しかしそんなこと招福にも分かっているのだろう。

「気休め程度ですが、渡すと僕が安心するから」

昔から小百合を喜ばせた招福の手品だ。変わらない子供扱いに小百合は思わず笑ってしまった。

「招福さん、私もうすぐ20歳だよ」

「まだ19歳でしょう」

雨の香りの中に、焚きしめられた香の匂いが混じる。除霊には効果のない、ただの布袋。しかし小百合は宝物のように、傘の持ち手にくくり付けた。

「……さあ、もうすぐですよ」

周囲は同じ色の屋根が続く、単調な住宅街。

ここ波岸町はかつて都の一部で、外敵の侵入を防ぐために細道が多く作られた。と、小百合はお年寄りから聞いたことがある。

だから町にはその名残で、今も多くの細道が残っているのだ……嘘か本当かは分からないが、今も残る迷路のような細道を招福は右へ左へ、慣れた様子で進む。

やがて、車も入れないくらいの細道を曲がった瞬間。

「招福さぁん。こっち、こっち」

場違いな明るい声が小百合の耳に刺さる。

そこにいたのは、派手な傘を振り回す一人の女。ゆるく巻かれた赤い髪、派手なメイク、開き気味な胸元に、タイトなスカート。年齢はおそらく小百合よりいくつか上。作り物みたいな甘い声がわざとらしく路地に響いた。

「やぁだ。こんな子が除霊師？……子供じゃないの」

彼女は小百合の足先から頭の先まで見つめて、勝ち誇るように目を細める。

「あたし、蘭子《らんこ》。招福さんの恋人」

「こらこら」

女……蘭子の甲高い声を聞き流し、招福は穏やかに微笑んだ。

「小百合ちゃん。こちらは蘭子さん。今回の依頼人の一人です」

「照れちゃってぇ」

彼女は軽薄に笑うと、腰を落として濡れた地面に何かを書き込む。それを見てケンタが唸り声を上げた。

「おい。あれ、あのマーク」

蘭子が手にしているのは安っぽい口紅だ。それを彼女は遠慮なく地面に滑らせる。黒いアスファルトの上に赤い三角形に、バツマーク。その形は小百合の記憶を揺さぶった。

「……ニセ除霊師!?」

思わず声を出すと、彼女は細い眉を寄せる。

マークを書き終えると、彼女は上目遣いに小百合を睨んだ。そして真っ赤なヒールで水たまりを踏みしめる。

「失礼ね。あたしだって幽霊くらい視えるわよ……祓えないだけで」

「じゃあ幽霊が視えるだけの詐欺師？」

「どうせ依頼人には視えてないんだし、祓おうが祓うまいが一緒でしょ？　祓ったってことにしておけば、分かんないんだし」

「ほら、やっぱり詐欺師！」

　小百合も挑むように一歩足を踏み出した。しかし足元はブカブカの長靴で、小百合はそっとスカートの裾で覆い隠す。

「……除霊する気もないのに……なんで、町のあちこちにそのマークを書くの？」

「この町、幽霊が多くて仕事が途切れないもん。危ないって描いとけば、同業者は近づかないし。定期収入を他の除霊師に渡したくないじゃーん」

　彼女がクネクネ動くたび、甘い香りがまき散らされた。彼女がつける香水は、彼女の性格そっくりだ。つまり粘っこい。

「蘭子さん。そうじゃないでしょう。ちゃんと説明を」

　招福に窘められると、彼女は赤いマニキュアを塗った指を交差させ、鬱蒼と生い茂る付けまつげをパチパチと上下させる。

「幽霊が視えるようになる……石をね、人に売っちゃったの。もちろん、安くね、安く」

「そんなのあるわけないのに？」

小百合が思わず漏らした言葉に、彼女は小さな唇を尖らせる。

「……それくらい、分かってるわよ」

「なのに売っちゃったの？」

「そう！　このお店の常連さんに！」

蘭子はふてくされたように、赤いかかとで背後の扉を軽く蹴った。

小百合は傘をずらして目前の建物を見上げる。

赤煉瓦、古い木の扉。店の外には蔦が植えられて、それが壁と屋根まで覆っている。

そんな蔦が絡まった丸っこい看板には、コーヒーカップのイラスト。その下に書かれた文字は、喫茶アルコバレーノ。

そして、中からかすかに人と……人ではない気配がする。

「先月亡くなったこの店のマスターに会いたい……っていうお客さんに売った……の」

蘭子がぼそぼそと、言葉を続けた。

「……そしたら。ずっと店に来るようになっちゃって。毎日毎日……もう半月。この店、あともうちょっとで解体予定らしいのに」

「女性の名前は瑞野《みずの》さん。常連だった方です」

招福は蘭子の言葉を継ぐ。

「同じ常連仲間の大家さんが随分心配されて……小百合ちゃんに依頼が来たというわけで

す。もちろん、原因を作った蘭子さんも、依頼人の一人ですが」

「今更ネタバラシもできないじゃない。だからさ、本物の除霊師が幽霊に会わせてあげれば、解決かなって」

「蘭子さん、そうじゃないでしょ」

彼女は唇を小さく尖らせ渋々頭を下げた。

「……お願いしまぁす」

その言葉を聞いて小百合はむっと口を閉ざす。天候のせいで今日は不快指数が高いのに、さらに不快になってしまう。

「俺はな、この手の詐欺師が一番キライなんだよ」

ケンタが唸ると蘭子が怯む。それを見て小百合は少しだけ溜飲を下げた。

「私も」

この手の人間は、こういう仕事をしていれば必ず出会う。

ニセ除霊師、詐欺師、ろくでなし。

「尻拭いはしてあげるけど、勘違いしないで。あなたのためじゃないからね」

こんな偽物のせいで、小百合のような本物が苦労するのだ。

小百合は怒りに任せて店に向かい合う。

「すみません、本物の！　除霊師ですけど！」

力いっぱい扉を押した小百合の腕を、大きく力強い手がぐっと掴んだ。

「待ってたわ。除霊師さん、あなた目玉焼きにかけるのはお塩かしら、お醤油かしら」

勢いよく引っ張られた小百合は足を滑らせて、床に情けなく尻もちをつく。ケンタが呆れたように息を吐き、耳をぺたんと伏せた。

小百合を引っ張ったのは、ふくふくとした体格の女性だ。彼女は小百合の腕を掴んだままブンブンと振る。

「目玉焼きよ。堅焼きでも半熟でもどっちでもいいわ。聞きたいのは味付けのこと」

「目玉……焼きは……お醤油？」

「そうよね！　じゃあカレーには何をかける？　ソース？　お醤油？　マヨネーズ？」

「……ソース……ソース？」

よし。と彼女はガッツポーズを取り、当てずっぽうな方向に指を向け叫んだ。

「そら見てみなさい。醤油にソース。ざまあみろ。私の勝ちね。聞いてるの、ねえ！」

「いや、いや、人が反論できないからって勝手にルールを捻じ曲げないでください」

彼女が指した方角とは真逆から声が聞こえ、小百合は目を丸くする。

店の奥。カウンターの上にいるのは男性だ。浮いた体は透けていて、未練の煤を撒き散らしている。

「目玉焼きとカレーについては相手の好みに口を出さないって、20年前に協定を結んだじゃないですか！」

疑うべくもない……幽霊だ。

「おいおい、元気な幽霊様だな」

ケンタも呆れたように呟く。

歴史が染み込んだような渋い色の木の壁に年代物のテーブルセット。そんなしっとりとした純喫茶の中、死んだ男と生きた女の声が元気よく響き渡っていた。

「葛城さん、わざわざ悪いね」

カウンターに陣取り、疲れ果てた表情でコーヒーを啜るのは小百合のアパートの大家、新川だ。

彼女は新しいカップにコーヒーを注ぐと、小百合を手招きする。

「先月、ここのオーナーが亡くなって店は閉じちゃったんだけどね。マスターの姪っ子さんに無理言って、一ヶ月半、店を前のままにしてもらってるんだ。ああ、安心しな、このコーヒーは今朝方、あたしが淹れたんだ」

豆を使いすぎていると思われるそのコーヒーは、濃厚かつ苦味がきつい。小百合はぐっと眉を寄せて何とか飲み込んだ。

「瑞野さんはこの店の常連……というか喧嘩友達というか。葛城さんが来てくれて助かったよ。あたしがずっとアレの相手させられててね」

「失礼ね。徹《とおる》くんが美味しい食べ方を知らないから……徹くんの顔見て喧嘩したいんだけど。この石、嘘っぱちじゃない」

ぷりぷり怒る彼女の細い指先に緑色の小さな石が摘まれている。まるで雨の煮こごりのような深い緑の石だった。

新川が長いため息をつく。

「どうもね、マスターに会って決着をつけたいことがあるんだとさ。だから葛城さんがどうにかできるんじゃないかって、頼んだんだけど」

「一個だけ解決してない喧嘩があるの。とっても大事なことよ」

彼女はまるでこの世の秘密を伝えるように、息を潜めて新川と小百合の間に滑り込む。

「……オムライスの味付けについて」

それを聞いて、ケンタの耳が情けないくらい、ぺたんと垂れた。


イギリス人は紅茶のミルクを入れる順番で論争になるらしい。小百合がそんな雑学を思い出したのは、仕事を受けた翌日のことである。

瑞野とマスターの一方的な言い合いは翌日になってもまだ続いていた。新川が言うには毎日8時から17時まで、瑞野はこの店に通う。

瑞野は小百合に「徹くんに伝えて」と罵詈雑言の通訳を押し付けて、マスターからは「彼女に伝えてほしい」と慇懃無礼な通訳を押し付けられる。

喧嘩と言ってもくだらない言い合いだ。卵焼きの味付け、塩ラーメンか醤油ラーメンか。面白いくらい二人の食の好みは真逆で、決着なんてつくはずもない。

「この町の人って、皆、こう……子供っぽ……じゃなくてお元気なんですか？」

カラカラに渇いた喉を苦いコーヒーで潤して、小百合はソファーに沈み込む。

「あの二人が特別なんだ」

うんざり顔で新川はカウンターを見つめた。

瑞野がなにか文句をつけ、男の幽霊が言い返す。幽霊の声など瑞野には聞こえていないはずなのに、的確に答えているのが不思議だった。

「マスター、相変わらずぎゃあぎゃあ言ってんのかい」

「……言ってますね」

小百合はカウンターの内側を見つめて目を細める。

そこにいる男の年齢は瑞野と同じく、ちょうど還暦くらい。キザっぽいボウタイと顎髭、洒落た白髪が似合う、まさに喫茶店のマスターといった顔立ち。

しかし言い合う姿はまるで小学生のようだった。

「まったく。葬式で流した涙を返してほしいよ。マスターは先月、持病を拗らせてね。苦しむ間もなくぽっくりだ」

新川は小百合をちらりと見て、人差し指と中指を立てる。小百合が頷くと彼女は慣れた様子でタバコを指にはさみ、火をつけた。

「死んだマスターはこの店の2代目でね。町じゃ一番古い喫茶店なんだ。で、親父さんの時代から雨の日も風の日も嵐の日でも、休みは週に一回、水曜だけ」

新川は眉を寄せ、煙をゆっくり吸い込む。その指先から緩やかに煙が上がる。ため息をつくように、彼女は白い息を吐き出した。

小百合はタバコを吸わない。しかし煙を見るのは好きだった。魂が昇っていくときの様子に似ている。

「それで先代もマスターも、どっちも水曜の朝に死んだ。全く律儀な親子だよ」

跡取りもなく、引き取り手もない。2代にわたるこの店もとうとう店じまい。一ヶ月半後、ここは更地になる。

「……そんなとき、瑞野さんが言い出したんだ。潰れるまでの間、ここを自由にさせてくれないかってね」

掠れた壁紙、ステンドグラス風の薄暗い照明器具、削れたような机の傷に、煤けた床。壁に貼られた古い写真には、今のマスターにそっくりな男と、少年。それに同じくらいの年齢の少女が写っている。

壁や空気にまでコーヒーとタバコと、積み重なった匂いが残る店だった。

「人が死んだら四十九日《しじゅうく》で消えちまう。だからそれまでに決着をつけたいってね……まあ、突然のことだったから豆やら食材も余ってるしね。あたしとしてはコーヒーを自分好みに淹れて好きなだけ飲めるんだからありがたい話だけどさ」

小百合からすれば濃すぎるコーヒーを美味しそうに啜りつつ、新川はタバコをふかす。

「大家さんって幽霊とか……信じてないと思ってました」

「信じちゃいないさ。あたしはね、自分の目で見えないものは信じない。幽霊どころか恐竜だって信じちゃいないよ」

新川はカップに追加のコーヒーを注ぎながら瑞野の背を見つめる。

ぷりぷりと眉を上げ瑞野は机を拭く、椅子を整え、豆を挽く……まるで喫茶店を経営しているような、そんな動き。

それを見て、小百合の手が止まる。文句を言いながら、嫌いだと言いながら、瑞野は動き続けている。

「あたしは見えるものしか信じない。だから瑞野さんが悲しんでるのが分かるんだ」

壁にかけられたカレンダーには一週間後の日付が赤丸で囲まれている。それはこの店のレンタル期限。

「魂は49日で消滅するんだろうけど、生きてる人間の時間薬には短すぎる」

救ってあげられるかね。と、新川の小さな声は豆を挽く音にかき消された。

「瑞野さんってお料理上手なんですね」

「あら嬉しい」

数日後の昼。小百合の目の前には、完璧なナポリタンが鎮座していた。

「お腹が鳴ってたでしょ。聞こえちゃったから、ついね。私も昔、飲食店をやってたものだから、ナポリタンは得意なの」

楽しそうに瑞野は笑う。

人の作ったご飯は貴重だ。自分を思って作ってくれたというその時間が美味しさに上乗せされる。

湯気を上げるナポリタンを見つめて、小百合は喉を鳴らした。

目の前にあるナポリタンといえば、驚くくらいに太い麺。それに絡むのは、カリカリに炒められたベーコンだけ。その上には綺麗な半熟卵が堂々と光っている。

「すごい、お野菜無しのナポリタン……私、ナポリタンは具だくさん派だったんですけど、こういうシンプルなのって……お腹に来ます。視覚的に」

「ふふ。ありがと。お腹空いてるときは、これがいいかなって」

彼女は満足そうに笑う。

「ナポリタンに載せる卵は半熟よね。でも徹くんは、薄焼き卵をパスタの下に置くの。信じられない。あなたは半熟卵よね？」

マスターが何か文句を言ったが、小百合は敢えて耳を塞ぐ。熱々のナポリタンに対しては一秒の猶予も許されない。

「いただっきまーす」

ナポリタンは麺の茹で具合も、ベーコンのパリパリ具合も最高だ。パスタの隅っこが少しカリッとなっているところも完璧だった。

載せられた半熟卵が甘いケチャップと絡んでとろりと崩れ落ちている様子も至福で、小百合はゆっくりその味を楽しんだ。

(下に卵敷いても美味しいと思うけどなあ……)

口についたケチャップをぺろりと舐めて小百合は思う。間違っても口になどしないが。

「私ね、徹くんの幼馴染……というより、兄妹みたいに育ったの」

彼女が壁をつつく。そこにあるのは、黄ばんだ写真だ。丸坊主の少年はマスター、隣に立つおかっぱ頭の少女は瑞野だ。と小百合は気づく。

「昔この町に遊園地があったこと、知ってるかしら？　私の母がそこで働いていたものだから、ここに日中預けられて。日曜は一日中ここにいたわ……最初に喧嘩になった原因は、オムライス。ここのお父さんがね、週末に必ずオムライスを作ってくれたのよ。でも徹くんのオムライスとは作り方が違ってて、それが最初の喧嘩」

小百合の顔を覗き込み、瑞野が唇を尖らせる。

「それからずっと面白いくらいに食の好みが真逆でね」

クレープはイチゴかバナナか。ポテトチップスは塩かコンソメか。瑞野は指折り数えて微笑む。その袖のあたりに、ちらりと黒い影が落ちる。

……気がつけば、店内にはまるで墨で塗りたくったように黒い煤が散っている。床にも壁にも。それはマスターのこぼす煤だ。

しかしそれに気づかない瑞野は平然と肩をすくめる。

「喧嘩はそれほど長く続かないの。だってお互いに好きな味は譲れないでしょ。だから協定を結んでいたの。ある程度ディスカッションしたあとはお互いの味を認め合うってね。でもオムライスだけは駄目。だって喧嘩にならないのよ」

「なぜ？」

「言い合いするときはお互いにその料理を持ち寄って、相手に食べさせるの。美味しい、って思ったら負けってこと」

頬を膨らませて瑞野は小百合を見上げる。

「……でもオムライスは駄目。だって絶対作ってくれないの。私が文句をつけたら、お店のメニューからも削ったのよ。信じられる？　だから決着はずっとつかなくて……結局、もう二度と決着はつかない」

薄く埃の積もったメニュー表には、オムライスと書かれた欄がある。しかし金額のところは白く塗りつぶされていた。

「お互いに何やかんやで独り身だったせいで、止める人もいなくって、ずっと喧嘩ばかりで……やあね、湿っぽくて。さ、掃除しなきゃ」

彼女は顔を見せないように、立ち上がるとモップを手に取った。彼女の体には、薄墨のような黒い煤がつきまとう。

「……マスターさん。瑞野さんと、ちゃんとお話しします?」

その煤を吐き出す原因を見つめながら、小百合はナポリタンの最後の一口を噛みしめた。

「私の中に入ってくれたら瑞野さんと喧嘩……ディスカッションできるけど」

「せっかくの申し出ですが、オムライスの件だけは私も譲る気がありませんので」

つん。と、顎髭のマスターは顔をそらす。

「じゃあ……他に思い残しは？」

小百合はため息を押し殺し、もう何十回目となる質問を口にする。

「未練とか……食べたいものとか」

この店に足を運んだその日から、小百合は彼に何度も交渉を繰り返していた。

「あいにく、少食なんです」

……しかし変わらず答えは同じ。

そしていつも彼は顔を背けて、吐き捨てるように呟くのだ。

「解決しないほうがいいこともありますよ」

「今回の件、お嬢さんじゃ無理だな」

小百合の足元で丸くなったケンタが不機嫌に呟く。いつもは好戦的なくせに、今回ケンタはやけにおとなしい。バカらしく噛み殺す気にもならない、というのが彼の感想だった。

「無理って……なんで」

「恋とか愛とかその手のやつだよ」

ケンタの言葉を聞いて、小百合は目を丸くする。

「まさか……そんな」

「ほらな」

は、とケンタが吐き捨てる。

「無理だ」

喫茶店の机には物がぶつかったような傷がある。一部、色が滲んだような場所もある。幽霊が視えても、小百合はその傷のできた理由を知らない。

ただ、地面に積もる黒い煤の理由は知っている。

意固地になったように立ち尽くすマスターを見て、小百合はため息をついた。

「絶対、なにか未練があるのに……」

未練を残した幽霊がいると、黒い煤が散る。

せっかく掃除をしても、床には未練の煤が積もり続ける。それに気づかない瑞野はせっせと床を磨いて、毎日きっかり3杯のコーヒーだけを飲む。

ケンタはすでに飽き飽きとして地べたで眠りこけ、雨は止まない。今日も不作か、と小百合は伸びをして欠伸を噛み殺す。

「あ、そういえば、瑞野さん、そのオムライスって……」

……どんな味ですか。と言いかけた小百合の言葉はケンタの声に遮られた。

「小百合！」

全身の毛を逆立ててケンタが叫ぶ。慌てて振り返れば、ちょうど店の端、カウンターの隅で瑞野の体がゆっくり地面に倒れていくところだった。

「瑞野さん!?」

「かおり！」

小百合とマスターが同時に叫ぶ。床に崩れ落ちた瑞野の顔は真っ青で、触れるとぞっとするくらい冷たい。

見れば彼女の体に、足に、腕に、未練の煤がまとわりついている。それはすがるように瑞野の後ろを追いかけてくるのだ。

(未練に触れすぎたんだ。長く触れるのはよくないって、分かってたのに油断した)

小百合の額から汗が一筋流れた。黒い影が地面を這いずり瑞野の裾を掴もうとする。

……未練の煤があるところに、悪霊は集まりやすい。

「マスターさんは近づかないで、危ないです！」

カウンターから身を乗り出したマスターを止め、小百合は瑞野の肩を抱えた。

「なぜかしら、急にくらっときて……」

「外に出ましょう。ここじゃ駄目」

まともに立ち上がることもできない彼女を支えて外に出れば、ぞわり、と空気が震える。

(……油断してた……)

未練に寄ってきた悪霊が、店の周りに集まっている。ケンタが唸っても、その影はかすみもしない。雨にも溶けない。

黒い影が喫茶店に入り込もうとするのをケンタが噛みちぎる。まるで墨のような色が雨にどろりと流れたが、それだけだ。

地面を這う黒い手が小百合の足首を掴み、すがるように爪を立てる。宙に浮かぶ生首が小百合の耳元でけたたましく笑い声をあげる。

雨の中に、無数の目が揺れている。

「小百合は先に行け、ここは俺が……」

「でも、マスターさんを残して行くのは……」

ケンタが吠えた瞬間、小百合の鼻先に甘い香りがふと届いた。

「小百合ちゃん、大丈夫ですか」

「招福さん！」

顔を上げれば招福の白い顔がある。その顔を見て、小百合はほっと息を吐いた。

「様子を見にきたんですが……瑞野さん、具合が？」

招福がそこに立つだけで、黒い影がずるずると、店から……瑞野から離れていく。

そして黒い影は、招福のもとへ吸い寄せられていくのだ。

背中に、腕に、足に、彼は体中に黒い影を背負う。蠢く彼らは招福の体を掴む、揺する、噛みつこうとする。しかし、招福は平然と微笑むだけだ。

彼の体は、一片の墨にも染まらない。背中から悪霊の腕を無数に生やす彼は、まるで千手観音のようだった。

ケンタは呆然と、招福を見上げる。

「おいおい、この坊主、本気かよ」

「相変わらず、すごいね……招福さん」

小百合は安堵するように息を吐いた。

（……でも、除霊ができるわけじゃない）

招福にできることはここまでだ。そのうち悪霊は未練に惹かれてまたここに戻ってくる。それまでに、瑞野をこの場所から引き離す必要がある。

小百合は瑞野を支えたまま、東北の方面を指した。

「招福さんは、あっちに行って。多分、全部招福さんに付いていく」

小百合の言葉で何かに気づいたように、招福の目が少し曇る。

視えない、感じない、聞こえない。招福が見える世界は、いつでも清浄だ。

それが悔しいと、一粒だけ涙を流したことを小百合は今でも覚えている。

「……僕は、いつも、こんな」

そしてそんな招福に誠一郎はよく言っていた。

「役割分担」

誠一郎の声を真似て、小百合は笑う。

「でしょ、招福さん」

「まあ、なんて綺麗な恋人」

招福の背中を見つめ、瑞野が呟く。

まだまっすぐ立つことはできないが、体は楽になったのだろう。彼女は真っ青な顔のまま小百合を覗き込む。

「あんな彼氏なら毎日楽しいでしょうねえ」

「いえ、彼はただの兄弟弟子で……とりあえずお店から離れましょう。新川さんの家に」

新川の住む家が、少し先にあったはずだ。ケンタのリードを右手に、瑞野を左手に。

傘を差す余裕もなく歩き出す小百合を、瑞野は他人事のような瞳で見つめた。

「私は人に恋ができなかったの。お見合いもしたけど、向こうに断られてばかり」

降り落ちてくる雨粒を見上げて、瑞野が目を細くする。

「だって。いつだって愛していたのは食べ物で、食事で……徹くんの作る私と正反対の料理に恋をしていたから」

瑞野の横顔を見つめて、小百合は不意に誠一郎のことを思い出す……まだ小百合が小学生だった頃、誠一郎が珍しく酔いつぶれたのだ。そのときもこんな感じだった。

歩けないくらいグダグダなのに、やけに饒舌で、笑ってクダを巻いて、家に連れ帰るのに苦労した。

深酒の原因は、小百合の描いた誠一郎の絵が父の日展のグランプリに輝いた……たったそれだけ。

それを聞いた小百合は、そのときはじめて初恋というものを知ったのだ。だから恋という言葉を聞くと、いつでもお酒の匂いを思い出す。

「私ね、まだ、泣けてないの」

顔を雨で濡らしたまま、瑞野が笑う。

「お通夜でもお葬式でも泣いてないの。薄情でしょう？　でも昔から一番悲しいときには泣けないの。母の葬式も、おじさん……先代のマスターが亡くなったときも」

彼女と出会って今日で7日目。彼女は怒ってばかりだ。

小百合はこれまで、取り残された人たちを多く見てきた。残された人は怒り、苦しみ、落ち込み、そうして泣いて現実を受け入れる。

しかし、中には泣けない人がいる。

そんな人は、いつまでも前に進めない。

「新川さんに言われたのよ。泣かないから、吹っ切れないのよって」

「……私も実は泣けないんです」

雨は逝った人を思って泣く誰かの涙だ……そんな言葉を思い出して、小百合は冷たいまぶたに触れる。

小百合はこれまで一度も自力で泣いたことがない。

クラスメイトの男子から意地悪されたときも、風邪のときも、怪我をした日も。

そして、誠一郎が消えたその日も。

寂しかった。悲しかった。苦しかった。大声で泣けたらどんなに良いだろうと、両手で顔を覆って泣き真似をしたこともある、泣き声を真似て大きな声を出してみたことも。

……それでも涙は目から溢れる前に、消えてしまう。

しかし小百合は平気だった。

「まあ、苦しいでしょう？　どうやって乗り切ったの？」

「私の場合は、幽霊が泣いてくれるんです……代わりに」

幽霊を憑依させ、食事をすれば彼らの思いが小百合の中に溢れる。

そしてそれは涙になる。

それが小百合の泣き方だ。人とは少し違うが、心配することはない……除霊師はいつだって少しだけ人と違うのだから。誠一郎は、小百合にそう言った。

「羨ましいわ」

瑞野が寂しそうに俯く。

「泣くってどんな味かしら」

雨のしずくが葉っぱの上を滑るのを見て、小百合は涙の味を思い出す。鼻の奥がつんと痛くなることも、喉が震えることも。

（全部、幽霊が教えてくれたんだ）

「ああもう……来てる」

背後から響く奇怪な音に、小百合の背筋が伸びる。

（足、止めてる場合じゃなかった）

傘が地面を擦るような音にも聞こえるし、空き缶に水滴が落ちる音にも似ている。

小百合は瑞野の手を強く握ったまま、前を見据えた。

夜より深い闇が小百合のすぐ隣で蠢いているのだ。

人と同じ体、同じ腕、同じ足、しかし頭部だけが膨れ上がった奇妙な気配。

壊れたおもちゃのように、がくり、がくり、と首が揺れる。

頭の影が振り子のように奇妙に捻じれて動く。

(夢と同じだ)

小百合は息を呑み込んで、腹の底に力を込める。

気づいてはならない、気づいていることに、気づかれてはならない。

「瑞野さん、前だけ見ててください」

振り返ろうとした瑞野の腕を引っ張って、小百合はただ前を見据える。

風に乗って流れてきたのは、悪霊の放つ煤の臭い。

「なにか後ろ……に」

「見ちゃ駄目。まっすぐ前を」

振り返ってはいけない。声をかけてもいけない。悪霊は、人がその姿を認識した瞬間に襲ってくる。

「……何かが」

「大丈夫。気にしないで」

瑞野を支えたまま速度を上げると、息が乱れる。最近夏の暑さにかまけてだらだらとしすぎた。不摂生の運動不足に足が絡みそうになる。

運動不足に注意。占いの結果を思い出し、小百合は唇を噛みしめる。

(……こんなところで……当たる占いとか)

息を乱す小百合の後ろで新しい音が加わった。それは歯をゆっくり擦り合わせるような音である。黒い影が地面を這う。こちらを誘うように影が揺れる。

傘に付けた招福の守り袋が、段々と嫌な色に染まっていく。

「坊主の守り袋、なんの役にもたたねえじゃないか。捨てちまえそんなもん」

ケンタが吐き捨て首を振った。

「おい小百合、そいつ連れて先に行け。ここは俺がなんとかする」

ケンタが前傾姿勢になる。小百合はそれを合図にリードから手を離した。

右手が空虚になった瞬間、思い出したのは先日見た悪夢だ。夢を振り払うように、小百合はぐっと拳を握りしめる。

「振り返るなよ、小百合」

言い終わるなり、ケンタは弾かれたように体を翻した。赤革のリードが鞭のようにしなり、水しぶきが上がる。

「犬が……」

「大丈夫。あの子、強いんです」

静かな住宅街に、爪の音が高らかに響いた。出会ったときから変わらない強い足音だ。ケンタの立てる音に惹かれるように、黒い影が音をたてて下がっていく。

「……っ」

何かを食いちぎるような、激しい音が響いた。

続いて聞こえたのは、何かを叩きつけるような音。

（ケンタは、強い）

小百合は空っぽになった手を握りしめる。

（大丈夫。ずっと、こうしてきたじゃない）

振り返りたい。駆けつけたい。何度思ったか分からない。しかし小百合は振り返らない。

それは二人が組むとき、最初に交わした約束だった。

除霊中、ケンタは悪霊を蹴散らす。そして小百合は前を向いて自分の仕事を遂行する。

「ケンタは強いから、大丈夫」

言い聞かせるように顔を上げ、小百合は駆け出した。

ケンタは戦う。小百合は仕事をこなす……しかしあのマスターの未練をどう探ればいいのか。小百合は真っ白な頭で考える。

（全然説得できないし、話もできない……食べたいものも見つからない……そのせいで瑞野さんが危険な目に……）

「ねえ葛城さん、やっぱり私お店に戻らなきゃ……」

瑞野が小百合の腕を押した。

「一ヶ月半は私がお店を見るの。徹くんに何かがあればそうするって、約束してて……」

雨は先程よりも強くなり、頭の先から足先までびしょ濡れだ。しかし瑞野の目はまっすぐに道の向こうを見つめている。

「一分も一秒も、店から離れていたくないの」

その目に浮かぶのは、未練の色だ。

（そっか……）

それを見て、小百合は足を止める。

「あ……分かった」

小百合の除霊方法は、食事の未練を叶えさせること。

しかし……食事とは、食べることだけではない。

「今回は、食事がしたいわけじゃないんだ」

小百合は腹の底に力を入れて、えいやっと瑞野を支え直す。

「瑞野さん、具合は？」

「さっきよりは……」

「じゃあ、希望通り、戻りましょう」

「え？」

「お店！」

小百合は水たまりを蹴り飛ばして、くるりと方向を変える。

「未練を断ち切らなきゃ」


もう一人の人生を体に取り込むのは普通のことではない。そう小百合に教えてくれたのは誠一郎だ。

自分の体の中に人の人生を詰め込む、普通ではないことを小百合はこなす。

「作りましょう、未練の料理」

店に駆け込むと濡れた体を拭く暇も惜しんで小百合はカウンターに飛びつく。

カウンターの内側に立つのは髭のマスターだ。小百合は彼の腕を引き寄せ、力いっぱい抱きしめる。

「なにを」

「時間ないので、ちょっと無理やりでごめんなさい」

ジタバタと暴れたが、抵抗は一瞬だけだ。飴玉を飲み込むように小百合は喉を鳴らした。

体の奥から溢れた味を噛みしめて、小百合は胸にそっと手を当てた。どんなに抵抗しても人は未練を思い出す。それは味となり小百合の中に流れ込む。

一度その味が浮かべばもう止まらない。その味と色ばかりが体中を支配する。

「嬉しいな……ラッキーカラーだ」

浮かびあがった味を想像するだけで脳が空腹信号を出し、胃が切なく鳴く。

お腹の準備も整った。

「さて。お料理作りましょうか、瑞野さん」

びしょ濡れのままでスツールに座らされた瑞野はぽかんと小百合を見つめている。

「料理？」

「私の仕事のやり方、ちょっと変わってるんです」

椅子に引っかけてあるエプロンを手に取り、小百合はカウンターの内側に滑り込む。

ピカピカに磨かれたコンロ、丸っこいコーヒーメーカー。何個もあるフライパン。

本格的かつ見たこともないものばかりだが、体が自然に動く。

毎日手入れされている綺麗な包丁、野菜室には補充された食材の数々。

小百合は冷蔵庫を漁って、目的の食材をキッチンに並べた。ツヤツヤと輝く食材は、瑞野が用意していたのだろう。

「葛城さん？」

「オムライス」

小百合は瑞野に笑って見せる。その言葉に彼女の顔に動揺が浮かんだ。

「私はマスターの好きなオムライスを作ります。瑞野さんは瑞野さんの好きなオムライスを作ってください」

「え？」

卵パックを引っ張り出し、小百合はそれをカウンターの上にトン、と置く。

「それから、ディスカッションしましょう」

さあどうぞ。手を差し伸べれば瑞野の顔に再び動揺が走った。しかし、彼女は力強く顔を上げ、キッチンに回り込む。

「いいわ。見てらっしゃいって、伝えて」

喫茶店のカウンターは二人並んでもまだ余裕がある。フライパンの数だって十分だ。

瑞野はフライパンを片手に掴み、もう片方の手でおろし金を掴む。

「葛城さん、私の好きなオムライスはね……」

「……人参はすり下ろして。玉ねぎとピーマンはできるだけ細かく……叩くみたいに切って。あとは刻みニンニクとネギと合挽肉少々」

諦めたようなマスターの低い声が小百合の中に響く。

瑞野は手慣れた様子で人参をすり下ろし、残りの野菜を細かく切ると、冷凍されていたご飯の塊を柔らかく解凍する。

「へえ。野菜を下ろすんですか？」

そして彼女は溺れるくらいのバターをフライパンに落とし、刻んだニンニクと玉ねぎ、すり下ろし人参の水分がなくなるまでしっかり炒めはじめた。

「私、子供の頃はお野菜が大嫌いだったの。でも野菜ってじっくり炒めると甘いでしょう？　ええと。合挽肉に刻んだピーマン、ご飯。味付けはシンプルに塩コショウ」

野菜の海の中にご飯が落とされ、派手な音が響いた。色んな食材が混じり合う、柔らかい香りが店内に広がる。

「あ、なるほど。お野菜多めのガーリックライス！」

「……かおりは野菜が……特に人参と玉ねぎが嫌いで」

マスターがぽつり、と呟いた。

「もう50年も前、親父が苦労してこれを考えたんです。かおりはこのオムライスがお気に入り。でも私は親父のオムライスが嫌いで……自分オリジナルのオムライスを考えました。それが最初の喧嘩のきっかけ」

「マスターさんのオムライスは？」

「玉ねぎと……人参、ブロッコリー、アスパラ……」

「ちょっと、ちょっと待って。忘れちゃう、忘れちゃう」

小百合は大慌てで野菜室を漁る。

「あとはパプリカ……じゃがいも」

緑に黄色に白に赤。眩しいくらいの野菜が目の前にずらりと並んだ。

つややかに輝く野菜は薄暗い喫茶店によく似合う。

「これ……全部使うんですか？　サラダみたい」

「メニュー表にも書いてあるでしょう？　ベジタブルケチャップオムライス。米はかなり少なめで……私は彼女と真逆で、野菜が好きなんです」

メニュー表から密かに消されたオムライス。それを見て小百合は切なくなる。

小百合の目を通してマスターもメニューを見たのだろう。彼は呻くように呟いた。

「……私のオムライスを食べて、やっぱりガーリックオムライスのほうが好きだなんて言われたら、立ち直れないじゃないですか」

くるくると小百合の中に感情と記憶が入り混じる。オムライスの戦いは、50年前の小さな嫉妬から始まった。

「だから、オムライス、作ってあげなかったんですね」

「……怖がりなんですよ、結局ね」

「文句も言えないくらい美味しいのを作ればいいんですよ」

野菜を目の前に転がして、小百合は包丁を握りしめる。できるだけ大きく、食感を楽しめるくらいにカットして、じゃがいもとブロッコリーは少し塩を振り電子レンジへ。

「そもそも、熱の入った野菜とケチャップの味に抗える人っています？」

野菜を炒めるのはたっぷりのオリーブオイル、そしてバター。オムライスに油分の遠慮は厳禁だ。玉ねぎをじっくり炒めて半透明になったところに残りの野菜。さらに少しのご飯をほぐして落として……そして。

「ケチャップ……あとは、少しだけソース！……へえ、ソースって合うんですね」

マスターの言葉は少ない。しかし調理風景が映画みたいに小百合の中に流れてくる。この場所で彼は何年も作り続けてきた。彼の味が町の人の胃を満たしてきた。

「……オムライス、メニューから削ったせいでショック受けた人、いると思うなあ」

野菜に味が行き渡って柔らかくなったところで……中身は完成。

「卵割りますね」

小百合は大きなボウルに、卵を五つ。慎重に割り入れる。かしゅり、と殻が軽い音を立てて割れ、ボウルに綺麗な色が広がる。

「オムライスを作るのは……本当に久しぶりです」

マスターが呟くと、小百合の中に様々な風景が流れて過ぎた。店のシャッターを開ける音、常連客の話し声、コーヒーの香り。

そして、瑞野と交わすくだらない喧嘩の声。

胸が苦しいのは、もう一つの人生が小百合の中を駆け抜けていくせいだ。

「大丈夫。私、オムライス得意なんです」

小百合は力強くそう言って、フライパンにバターをたっぷりと落とす。熱せられたそこに卵液の半分を落とすと、フリルのように揺れて華やかに広がる。

その上に、そっと赤い野菜ライスを載せた。

最初は丁寧にフライパンを揺するが、熱が広がるにつれ動きがどんどん大胆になる。

普通より粘り気が少ないので少し難しい……しかしコツさえ掴めば平気だ。

ゆっくり、そして大胆に。

(ピアノを弾くように、ゆっくりと……でも最後は大胆に)

フライパンを揺すりながら小百合は思い出す。

(それがオムライスのコツだって)

オムライスの上手な包み方を教えてくれたのは、ピアノ講師の幽霊だった。

隣では、瑞野も卵をフライパンに落としたところ。目が合って、二人は微笑む。

「じゃあ、仕上げはご一緒に」

料理は音楽だ、と誰かの言葉を小百合は思い出す。

二人の立てる音は同じだ。湯気と動きがシンクロし、やがて完成の音が近づいた。

「……っと」

くるん。と卵がご飯を包み込むと、柔らかな湯気が顔を撫でる。同時に隣でもオムライスがたたまれる音が聞こえる。

「……お見事」

マスターの素直な賞賛の声に、小百合は満足そうに笑う。

仕上がったのは、黄色に包まれた二つの柔らかな塊。小百合は冷蔵庫から二本のチューブを取り出す。

「ガーリックオムライスにはマヨネーズ。野菜の方は……ケチャップですね。瑞野さんはいつもの席に座ってて」

彩りは赤と白、包むものは二つの味。

「葛城……さん」

席に座った瑞野の声が震えていた。皿の隅に飛び散った卵液を丁寧に拭って、小百合はカウンターの上に2皿を並べる。

湯気の向こうに見えるのは、木の壁、机、そして特等席に座る瑞野。

「おまたせしました」

マスターが数十年間、見てきた世界だ。

「……さあ、一緒に食べよう」

小百合は大きなスプーンを握って、ゆっくりと息を吸った。

ガーリックのオムライスは意外に刺激的だ。半熟になった卵がご飯に絡んで香りが立つ。ケチャップのオムライスはとろりと甘くて、やっぱり卵に合う。

交互に食べて、小百合と瑞野は同時にため息を漏らした。

「美味しい」

瑞野は目を丸くして、ゴロゴロ野菜のケチャップオムライスを頬張る。

ご飯は少なめ、まるでサラダのようなオムライス。それがケチャップとソースをまとって、つややかにとろけている。

「美味しい……野菜の色んな食感」

その言葉を聞いて小百合の中のマスターが動揺した。どうして、野菜なのに。と動揺する言葉が小百合の中に広がった。その声が聞こえたように、瑞野が肩をすくめる。

「徹くん、私に作る料理全部、玉ねぎを抜いてくれていたけど、野菜嫌いなんて子供の頃だけのことよ。どうして幼馴染って色々アップデートしないのかしら」

ねっとりとした重さは、こんな雨の日によく似合う味だった。じっくり味わい飲み込んで、小百合と瑞野は目を合わせて笑ってしまう。

「もちろん、ガーリックオムライスは美味しいわ。香ばしくって、いつ食べても日曜を思い出す……でもね私はずっと、隣で徹くんが食べていたこのオムライスを食べてみたかったのよ」

小百合もガーリックオムライスを大きく一口。刺激的でどこか甘くて、ふんわりと匂い立つ。

ゆっくり飲み込むと小百合の中のマスターが「美味しい」と不承不承のように呟いた。

「で、そちらの感想は？」

「美味しい、って言ってます」

「じゃあ、これも引き分けね」

丁寧にスプーンですくう、最後の一口。ゆっくりと、瑞野はその味を楽しむように目を閉じる。

小百合の中のマスターが小さく震えるのが分かった。

「何の……意地を張っていたのやら」

マスターの声が震え、長いため息が聞こえる。早く作ればよかった。二人で、二つのオムライスを。そんな声が小百合の中に響く。

「喧嘩の続きは、私がそっちに行ってからね」

瑞野はとん、と小百合の背中を叩いて席を立った。

そして彼女は、扉を全開にして大きく伸びをする。

「見て、雨が上がったみたい」

もう一人の人生を体に押し込めるのは、普通のことではない。しかし小百合にはそれができる。もう一人の人生を追走できるからこそ、救える魂がある。そう教えてくれたのも誠一郎である。

「食べさせてあげたい、っていうのも未練になるんですね」

小百合の体が震え、力が抜ける。

「自分でも気づかなかった未練に気づかせてくれて、ありがとう。彼女に伝えてください……盆には一度、顔を見に来ます……と」

コーヒーの香りが染み込んだ温かい煙が小百合の頭を撫でる。

ありがとう、の声に小百合の目から一粒の涙が散る。

小百合の横を抜けて白い影が天を目指したが、それはオムライスの湯気のようだった。


「マスターからの伝言です。お盆には顔を見せます、ですって」

外を見つめる瑞野の隣に立つと、彼女はようやく肩の力を抜く。

「お盆なんて、あと一ヶ月じゃない。それならここにいたらいいのに」

瑞野は口を尖らせ、微笑んだ。

「……ありがとう。結局一度も見えなかったけど、味で分かったわ。そこにいたんだなって……いなくなっちゃったら、もう食べられないのねえ」

あれほどひどかった雨は上がり、今は水たまりが残るばかり。アルコバレーノと書かれた看板が輝いていた。

「じゃあ、瑞野さんがお店を受け継ぐのはどうでしょう？　オムライス、二種類で」

今にも倒れそうになる体に活を入れて、小百合は瑞野の顔を覗き込んだ。

「絶対通いますよ、私。週に何度も」

「私が？　そうねえ……それもいいかも。名前もこのままで……」

濡れた空には綺麗な虹が浮かんでいた。それを見上げて瑞野が目を細めた。

「この店の名前は、イタリア語で虹って意味なの。虹の色って私は7色って思うんだけど、徹くんは8色って言い張ってね」

皺の寄った目から、こらえるように一筋の涙が散って看板の上で跳ねる。

「でも今は8色にも見えるわね、涙のせいかしら」

「ええ」

「徹くん、空に向かった？」

「……ええ」

彼女は蘭子から買ったという緑の石を光に透かせながら、覗き込むように片目を閉じる。

「あっちは暖かいのかしら。そうだといいけど」

それは、小百合がいつも願うことでもあった。

「おい」

マスターを見送ったあと、喫茶店でうつ伏せ状態で眠って1時間。戻ってきたケンタに引っ張られるように自宅に戻った小百合は、夜まで惰眠をむさぼることになる。

また蹴り飛ばしそうで怖いので、ケンタにはクッションを与えて小百合は布団へ。離れて眠って気づけば深夜。

「おい、起きろ」

温かい鼻先に突かれて起こされ、小百合はジタバタともがく。

妙に体が寒々しく寂しいのは、ケンタが離れて眠るせいだ。何度も溺れる夢を見たのも、ケンタの体が離れているからだ。口にすれば馬鹿にされるので、小百合は布団を抱きしめたまま目を開けた。

「……ケンタ？　なによもう、寝てるのに……」

「……泣けないって本当か」

すぐ目の前に、不機嫌顔のケンタがいる。濡れた鼻先に突かれて、小百合は思わず含み笑いをする。しかしケンタは相変わらず仏頂面で、小百合に向かって唸り声をあげた。

「泣けないって話だ……あの女と話してたろ」

「言ってなかったっけ？」

「聞いてない」

言ってなかったかな。と小百合は首をかしげ、言っていなかったかもしれないと頷いた。なぜならこの程度、小百合にとって些末なことだからである。

「泣けないのはいつからだ？」

「……うんと、子供のときから」

小百合は乾いたまぶたを押さえながら、欠伸を噛みしめる。泣けないことが悔しく苦しかったのは子供のときだけだ。

除霊を誠一郎から学んで以降、小百合の泣けない悲しみは、ほんの少し薄まった。

幽霊の涙が、小百合の目を潤してくれる。

「大丈夫だよ。目はちょっと乾くけど、目薬もあるし」

「そうじゃなく」

「眼科にも行ったけど異常はないって」

はあ、とケンタがため息をついた。

ケンタは悪霊を追いかけ、随分遠くまで行ったのだろう。まだ足にこびりついている煤を拭ってやると、彼は小百合の手を甘噛みする。

「そうじゃないんだ、小百合」

「ケンタ？」

ケンタは音をたてて布団の上に寝転がった。尾が力強く、布団を叩く。

「おいで、お嬢さん」

「え……いいの？」

「蹴るなよ」

小百合の逡巡は一瞬だけ。迷わないのが小百合の美徳だ。飛びつくようにケンタの柔らかい腹をきゅっと抱きしめる。

「……あったかいね」

人より高い体温、人より速い鼓動。少し湿った、穀物みたいな香り。

散々眠ったはずなのに、それにくるまれるともう眠くて仕方ない。

緩やかに眠りに引きずり込まれた小百合は、虹色に輝く喫茶店で瑞野の作るオムライスを食べる夢を見た。

第四話　彼女は「不協和音」を除霊する

「そこのお姉ちゃん、俺のバカ息子をちょっと救ってくれやしないかい」

小百合がそう声をかけられたのは、綺麗に晴れ上がった早朝のことだった。


時刻は早朝、7時前。

今日発売のカップ麺を買うために、三つも目覚まし時計を用意した小百合である。

カップ麺ごときで早起きなんてご立派なことだとケンタには嫌みを言われたが、前回の発売日には数日で出荷停止になってしまったほどの人気商品だ。食べ物に関して妥協は許されない……性格的にも仕事的にも。

早速帰って食べようとケンタを連れて急ぎ足で公園を横切っていると、突然呼び止められた。

普通の人間なら木立の揺れる音と勘違いしただろう。しかし小百合にはその声がはっきりと聞こえる。

「君、除霊師だろう？　仕事を一つ頼みたい」

まるでお使いでも頼むような口調で、小百合に声をかけてきたのは初老の男性だった。派手なアロハシャツに半ズボン。目にはサングラス。しかし日差しは彼を突き抜けて、地面には影も生まれない。

小百合の真横に行儀よく寄り添っていたケンタが不機嫌そうに眉を寄せる。

「おい、あれって……」

「えっと……幽霊ですか？」

「おや？　俺みたいにかっこいい幽霊は慣れてないかい？」

口の端を上げて彼は笑い、ケンタは苦虫を噛み潰したような顔で男を睨む。

「なんでこの町にはこんな変な幽霊しかいねえんだよ」

幽霊が夜にしか出ない、なんてとんだデマだと小百合は思う。死んだ人間に時間の感覚を押し付けるのは、生者のエゴだ。

ベンチに浅く腰かける男の霊に近づくと、ヴァイオリンの音が聞こえた気がした。続いて聞こえてきたのは、高らかに響くピアノの音。小百合は目を閉じ、音を探る……彼はきっと、音楽に関わる人間だ。

彼はタバコを吸う仕草をしかけ、舌打ちをする。

「この姿じゃタバコも吸えやしない。ああ除霊の話だったな。うちの息子は今、中途半端に幽霊だ。父親の俺が何とかできればいいんだが、あいつは万年反抗期でね」

彼は透明な足をぶらぶらと揺らしながら、言葉を続ける。

「……と、困っていたときに除霊師の君が通りかかったというわけだ。どうだ、受けてみないか、この仕事」

「幽霊からの除霊依頼って初めてで、なんというか……なぜ私に？」

「おいお前、こんな馬鹿げた依頼受けるつもりじゃ」

吠えかかるケンタの口を手で押さえ、小百合は彼の顔を覗き込んだ。

男はサングラスをずらし、目を細める。

「この町は幽霊が多いせいか除霊師も供給過多だ。何人も除霊師がいたが、声をかけても届きゃしない。が、姉ちゃんは振り返った。つまりあんたがホンモノの除霊師だ」

小百合は緩みかけた頬を慌てて引き締め、わざと咳払いをしてみせる。

「ま、まあたしかにホンモノですけど……」

「しかし飯はちょっと残念だな。カップ麺じゃあ体を壊すぞ。カップ麺じゃなく……そうだ。カレーだ。カレーを食え。あれは完全栄養食だからな」

男が小百合のビニール袋を覗いて小言を言えば、ケンタが笑いをこらえるように顔を背けた。

「あ、あなたを除霊しなくてもいいんですか」

「俺はあのバカ息子がどうにかなれば勝手に天国でもどこでもいくさ。あっちには可愛いワイフもいるし、タバコも吸い放題だ。それに頼まれてるコンサートの用意も忙しい」

夏特有の日差しが公園に降り注ぎ、気温が急上昇する。早朝はうるさかった蝉たちも今はだんまりだ。

ジョギングをする女性だけが息を乱して後ろを通り過ぎていく。

「……お姉ちゃん、これは真面目な話だ」

男の口調は軽薄だが言葉の奥に真摯な響きがある。彼は足を組み、青空を見上げた。

「息子をなんとかしてやってくれ。俺の頼みはそれだけだ」

男は眩しそうに目を細め、二度と汗の浮かばない額を癖のように拭う。

眩いほどの夏の青空は、幽霊の目にどんな風に映るのだろう……小百合はそんなことを時々考えることがある。

「俺はこんなナリだが界隈では名を知られたコンダクター。オーケストラの指揮者だ。指揮者ってのは紳士が多い。その上、俺はこの通りロマンスグレーだ。そんな紳士の言うことは、聞いておくほうがいい」

契約成立だ、と言わんばかりに彼は小百合に手を差し出す。

その指先に触れた途端、小百合の中に見覚えのない風景が流れ込んできた。

白い病室、白いベッドに落ちた老いた腕……それは彼の最期の記憶である。

記憶の中の彼は力を振り絞り、タクトを掴んで震えるように腕を動かす。

目の前に奏者はいない。彼がタクトを向けたのは、ベッドに置かれた一枚の写真だ。

ピアノの前に座る青年の写真に向かって、彼は無言のままタクトを振り続ける。

ピアノの幻聴が聞こえたようで、小百合は彼の手を握り返す。

「……はい。私に任せて」

釣られるように頷いてしまった小百合は、自分の甘さにため息をついた。


男に教えられた場所は、街の外れ。三途川にかかる戻り橋のすぐ足元だ。

小百合の隣を歩くケンタはいよいよ不機嫌そうに鼻を鳴らして小百合を見上げる。

「本当にお前はバカだ」

「バカバカ言う方がバカなんだよ。私は真面目にお仕事してるだけじゃない」

「お嬢さん、仕事ってのは、ギブアンドテイクだ。対価だよ」

「お、お爺さんが喜んでくれるもん」

「お前は言葉で腹がふくれるのか？」

たどり着いたのは、空き家と工場跡地に挟まった古い家だった。

ボロボロの壁は蔦に囲まれ、庭の樹木が屋根を押し潰そうとしている。

家を囲む柵は伸びた雑草に覆われて、どこまでが敷地なのかも分からない。

壊れた柵を慎重に押し開き、はびこる雑草をかき分けて小百合は進む。

地面はどろどろ水浸しで、一面淀んだ空気に包まれていた。

「じゃあ趣味ってことにしといて。っていうか、文句ばっかり言うならケンタは家に戻ってればいいじゃない」

「危ないとき、誰が助けてやると思ってんだ」

「別に危ない幽霊じゃないだろうし」

家の入り口は大きな樹木の陰になり日差しも届かない。

かつては綺麗な緑色だったと思われる木の扉は、今や蝶番一つで支えられて風もないのに揺れている。まるで絵に描いたような幽霊屋敷だ。

……つまり、現実感がない。

「お前、寝不足だろ。除霊中に寝ちまったらどうする」

ケンタが放った言葉に、小百合は一瞬言葉をつまらせた。見ていないようで、案外ケンタはよく見ている。

(ちゃんと、化粧で隠したのに)

小百合はさり気なく麦わら帽子を下げて、目の下のクマをそっと隠した。

……ここ数日、悪夢の頻度が増えた。黒い道、赤い影。横に滑り込む黒い人影、赤い光。

今日の明け方には幽霊に追いかけられる夢を見た。

除霊師が悪夢に引っ張り回されるなど、ケンタに言えばどれほどバカにされるか分からない。だから小百合は欠伸を飲み込んで、わざとらしく咳をしてみせた。

「心配しなくたって、私だって除霊師なんだから」

小百合が扉に手を伸ばすと、ケンタがふっと鼻を鳴らす。

「おい、そこ」

「……っ」

小百合が家に近づこうとした瞬間、玄関横の曇った窓ガラスに赤い手のひらが叩きつけられたのだ。

おん、おん、と低い音が響く。扉が激しくガタついて、窓ガラスが揺れる。

入ってくるな、ここに来るな、帰れ、帰れ。声が響き、ガラスに赤い色が広がる。

窓の向こうを黒い影が通り過ぎていく……。

「お邪魔しまーす」

……が、小百合は気にせず扉を肩で押し開いた。

「ベタな演出だ」

「少し前のホラー映画によくあったよね、今みたいなの」

ケンタが吐き捨て、小百合も頷く。これではまるで下手なお化け屋敷だ。

恨みも妬みも何も感じない。声も聞こえない。肌もひりつかない。

「除霊師ってさ。お化け屋敷もホラー映画も楽しめなくなるよね」

いわゆる恐怖エイターテインメントを楽しめなくなった小百合は、肩をすくめて傾いた扉をもうひと押し。

「でもわざわざ脅かしてくれるってことは、ここの住人は……きっといい幽霊だね」

一歩入り込んだその先に、ひやりとした感触と……声が響いた。


「やあやあ。可愛らしいお嬢さん、私の演出はお気に召さなかったかな？　お若いのに随分と肝が据わってる」

部屋は真っ暗だが、目をこすればやがて暗闇に目が馴染んでくる。目前にふわりと浮かぶ白い体を見て、小百合は苦笑した。

「これまで来た若者は、全員入り口のあれを見て逃げ出した。最近は幽霊の波岸町なんて話題になったせいで、招かれざる客が多くてね。一通り追い払うようにしてるんだ」

派手なシャツによく回る口。太った体に丸い顔。年の頃は、40歳前後。年の割に、ひどく芝居がかったセリフを喋る。

なるほど、彼は間違いなくロマンスグレーの息子だ。

「私は除霊師の葛城。葛城小百合……あなたは？」

「私は大久保《おおくぼ》。幽霊研究家で得意分野は魂だ。ほう……君は除霊師か。生前、私は除霊師が大好きでね。まさか幽霊となって、除霊師に相まみえるとは！」

「噛み殺そう」

「ケンタ！」

ケンタが体を伏せて物騒なことを呟くので、小百合は慌ててケンタの頭を押さえ込む。

「あの……あなたのお父さんの依頼で除霊に来たんです……指揮者の、男の人」

除霊師とは日々、死に触れ合う職業だ。小百合もこれまで幽霊たちの様々な表情や感情に触れ合ってきた。

しかし、こんなに賑やかで明るい幽霊に出会うのは初めてのことだ。

「親父が？」

大久保は目を細め、首を傾ける。

「まさか！　父は一ヶ月前に亡くなったが……父と私は不仲でね。あの男が私を心配するはずがない。君はその辺の浮遊霊にでも騙されたんだろう」

まるで生きた人間のようによく喋る幽霊だ。普通、死んだ人間はもう少し謙虚である。少なくとも元気ではない。

彼は唖然とする小百合など気にもせず、呑気に空を飛ぶ。

「なるほど、血は争えねえな」

呟いたケンタを小百合はそっと背後に押し隠す。

「お……大久保さん。この建物は？」

「私の幽霊研究所だよ。なかなかいい雰囲気だろう？　築60年だそうだ。幽霊研究所にふさわしい立ち姿だ」

彼はにやりと笑って、器用に空中で回転してみせる。

「アンティークな見た目が気に入っていたので補修もしなかったんだが……おかげで貴重な資料類が先日の大雨でやられてしまった。それは大誤算だったな」

床には腐った本や、破れた書類などが乱雑に積み重なっている。水の跡がじっとりと残り、持ち上げるだけで崩れそうだ。彼は切なそうにそれを見つめたが、やがて机の前に立つと大きく腕を広げた。

「とはいえ、資料にはもう用もない。なんと言っても私が本物の幽霊になったのだからな。この姿はいいぞ。まず、人の魂が見られること。魂がどこにあるのかは大いなる謎の一つだったが……それが見えるようになった。学者冥利に尽きるじゃないか」

彼は大きな目を見開いてケンタの顔を覗き込む。

「この犬は面白いな。犬の魂の中に人間の魂が同居してる」

「……ロクでもねえな」

げっそりと耳を伏せるケンタと違って大久保はご機嫌だ。彼は笑って宙を舞い、続いて小百合を指差した。

「そして君は魂が欠けている」

「……魂？」

ぽかんと首をかしげる小百合に構わず、大久保はじろじろ無遠慮な視線を向ける。

「人の魂は丸いんだ。中には歪んだ人間もいるがね。しかし君は一箇所欠けている」

大久保は小百合の体を見つめ、眉を寄せた。

「……無理やりもぎ取られたようにも見えるな」

痛みなどないはずなのに、その言葉を聞くと胸の奥がきゅるきゅると締め付けられる。

急に不安になり小百合は無意識に胸に手を当てた。

「欠けてって……どんな風に？」

「初めて見るものだから私にもなんとも……体に不具合は？」

「おい。幽霊の言葉だ、信用するなよ。どうせ口からでまかせだ」

とん、とケンタの尾が小百合の足を叩く。その感触に小百合はほっと息を吐く。

「えっと……風邪もひかない健康体、です」

「なら問題はないんだろう。欠けた人間の文献など読んだこともないからな」

いい加減な言葉を続けながら、彼は呑気にまた宙を舞った。

「そんなことより、楽しい話をしよう。せっかく除霊師が来てくれたんだ。部屋を案内したいし、意義のある話し合いがしたいな」

この建物の中は外と同じくらい、壮絶な雰囲気だ。木々に囲まれているせいで部屋は暗く、スマホの光で照らしてなんとか歩ける程度。

床は一部が抜けて壁紙は剥がれている。四方の棚には本が詰まっているが、大半がかびている。背表紙に「幽霊史」や「除霊の歴史」などの文字だけがかろうじて読み取れた。

本棚の隣にはカバーで覆われたピアノが一台。小百合が腕を伸ばすと、大久保がさり気なく小百合の行動を止める。

「大久保さん、なにか未練があるんじゃないですか？」

「未練……？　ないな」

大久保は素知らぬ顔をして飛び回るが、薄墨のような黒い影が彼の背中に巻き付いている。ケンタはその一つに噛み付いて足で踏みつけ低く唸った。

「未練はあるはずだ。なんだこの浮遊霊の数」

黒い影はケンタに踏みつけられ、煤をちらして地面に散らばる。

「そいつの未練に引っ張られてきてやがる」

「おお。除霊師のそばに悪霊ありだ。いや？　除霊師が悪霊を呼び寄せるのか？」

「……おい小百合、後ろ！」

しゅん、と風を切る音が聞こえて小百合は慌てて頭を下げる。小百合の真上を黒い影が通り過ぎ、壁に黒いシミを残す。

「わっ」

袋からカップ麺が飛び出しそうになり、大急ぎで抱きしめた。本当なら今頃、熱々のラーメンを涼しい部屋で堪能しているはずだったのだ。

それがこんな仕事に巻き込まれ、カップ麺の容器はぐにゃりと歪んでしまった。

しょんぼりと肩を落とす小百合の背後でケンタが黒い影を引きちぎり、吐き捨てた。

「何がホンモノの除霊師だ、聞いて呆れる！」

「なんともまあ、素晴らしいボディガードだ。まるで騎士のようではないか。君はいい相棒を持っているな」

「おいお嬢さん、こんなバカ相手にする時間が勿体ねえ。帰るぞ」

ケンタの言葉が聞こえない大久保は、床に降り立つと生きた人間のように右に左に歩き回る。それが彼の思考スタイルなのだろう。

「そして君は犬と会話ができるのか。除霊師にはそんな力が……」

「……ん？」

小百合は不意に違和感を覚えて目をこする。

「あれ？」

「いや、しかし……犬と話せる除霊師なんてこれまで実例が……」

埃でも目に入ったのかと思ったが、そうではない。

暗い部屋の床に薄い影がある。スマホの光を差し向ければ、それは大久保の体から伸びる、薄い影。大久保が唸りながら左に動けば影も左に。右に歩けば影も右に。

「ああ、それとも君は動物霊に強い、なんてことはないかね？」

「あの……大久保さん」

大久保の足元から黒い影が伸びている……通常、幽霊は影を持たない。

素知らぬ顔をしてみせる大久保の体に、小百合は手を伸ばす。すると電撃のように風景が流れ込んできた。

小百合の中に流れ込んできたのは、白い病室の壁にカーテン。消毒薬の匂い。

机に置かれた小さな鏡に映るのは、チューブに繋がれて眠る大久保の姿が。

「もしかして……」

大久保がぷい、と顔をそらす。ぷっくり太った頬も明るい声も、健康そうな顔色も……どこか違和感があったのだ。

彼の父が言う通り、大久保は幽霊にしては中途半端すぎる。

「生霊、なんですか？」

彼は叱られた子供のように、しょぼんと肩を落とす。そして上目遣いに小百合を見た。

「……だって戻らなければ、このまま幽霊でいられるんだろう？」

「だ、駄目ですよ！　いくら幽霊が好きって言っても自分がなっちゃうなんて……早く戻らないと！」

腕を掴み引っ張ろうとするが、大久保はするりと小百合の束縛から逃げ出した。

「せっかく幽霊になれたのに？」

彼は口の端だけ上げて、少し笑う。

「体は軽いし、腹も空かない。トイレも風呂も不要。なんて便利な体だろう！」

外では突風が吹いて木々を揺らし、家が激しくきしむ。その音を懐かしむように聞いて、彼は再び宙に舞い上がった。

「でも」

「暗い話はやめにしないか。そうだ幽霊の話をしよう。お、良いのか？　付き合ってくれる？　君は大変勉強熱心だな。隣の部屋においで、私の研究を継がせてあげよう」

彼は自分勝手に小百合を手招き、壁をするりと抜けていく。湿った部屋の中、小百合の盛大なため息だけが響き渡った。


大久保が話して聞かせたのは、除霊の歴史や幽霊についての講釈、噂話に与太話。本に書かれた御高説を垂れ流しながら、大久保は練り歩く。

1時間以上カビの香りに包まれて小百合がぐったりした頃、彼はようやく興奮が収まったように足を止めた。

「なあんだ。除霊師といっても学術的な勉学を積んでいたわけではないんだな」

「私、どちらかといえば現場で修行積んだタイプなもので……」

大久保の演説の最中、小百合は歩きながらうたた寝してしまったらしい。カビまみれの本棚に突撃した額を押さえ、絞り出すように呻く。

「ねえ大久保さん、お話はもう聞きましたし、いい加減、戻りましょうよ」

「まだだ……あ、そうだ。たしか君は葛城といったね、葛城……葛城……もしや除霊師の葛城誠一郎氏の娘さん？」

「え、誠……父のこと知ってるんですか？」

思わぬところから思わぬ名前が出たことで、小百合の眠気も痛みも一瞬で吹き飛んだ。

「なんで、なんで知ってるんです？　父ってあんまり表舞台に出ないっていうか、人見知りだし、それに」

一気に詰め寄った小百合を見て、大久保が驚くように数歩退く。

「す……数年前に取材させてもらったんだ。えっとたしかこの辺に掲載された雑誌が……ほら！」

彼が指をさすだけで、書類の一角が崩れて一冊の雑誌が滑り落ちてくる。

それは古い女性雑誌で表紙はすっかりカビていたが、中は奇跡的に乾いていた。

張り付いた紙を慎重にはがせば、真ん中辺りに懐かしい姿が現れる。

「誠一郎さんだ!」

「悪霊の概念についての取材だったんだ。悪霊を除霊できるかどうかという話だよ」

小百合は雑誌を食い入るように見つめる。表紙を見れば5年ほど前に発刊されたものだ。すっかり色のあせた紙面に書かれた見出しは「プロの除霊師に聞く悪霊と魂」。記事の主役であるはずの誠一郎だというのに、わざとらしく顔を横に向けている。

彼は昔から写真嫌いだ。魂を抜かれるなどと除霊師らしからぬことをよく言っていた。

表情は分からないが、優しそうな横顔と口元を手で押さえる癖は、間違いない。小百合の知る誠一郎だ。

柔らかく渦巻く癖毛は、雑にハーフアップにしてあった。ピンクのゴムで結んでいるのできっと小百合が髪をいじったのだ。撮影と言ってくれたなら、もっとちゃんとしたのに。と、小百合は今更悔やんだ。

「もらっていいですか? 私、父の写真ほとんど持ってなくて」

「いい、いい。持っていきなさい。どうせ朽ちるだけだ」

握りつぶすような勢いで雑誌を掴む小百合を見て、大久保は苦笑を漏らす。

「ケンタほら、これが誠一郎さん」

「ふん、俺のほうがいい男だろう」

「……先程の続きになるが」

こほん、と大久保が咳払いをしたので、小百合は慌てて雑誌をポケットにねじ込む。

「除霊師は悪霊を惹きつけやすい。なぜか分かるかね」

「えっと……幽霊を救おうとするから……邪魔をしに？」

「悪霊も救われたいんだよ」

大久保は目を閉じ、静かに口を開いた。

「悪霊は自分を未練で縛り、檻に閉じこもり嘆いている。そして自分を救ってくれない除霊師に、勝手に恨みを募らせる。未練はやがて怨念になる」

それは誠一郎の言葉だ。声だ。目を閉じれば、小百合の中に彼の声が蘇る。

「葛城氏が言うには悪霊でも未練があれば、除霊できると。未練の段階であれば」

「あれば？」

「まだ、救えると」

誠一郎はいつも小百合に言っていた。

……幽霊を救えるのならば、救わなければならない。除霊師は、その力を持つのだから。

大久保は優しい目で微笑んだ。

「君たちの仕事は、魂の救済だ」

「大久保さん！」

小百合は大久保の手を掴む。幽霊とはまた違った感触だ。

幽霊よりも力強く、少しだけ温かい。きっとこれが、命の温かさなのだろう。

「おいおい生霊を取り込むのは、骨が折れるぞ」

「大丈夫、任せて」

ケンタが唸って小百合のスカートを引っ張る。しかし小百合は気にせず、大久保の顔を覗き込んだ。

「……幽霊研究家って言うなら、本物の除霊師の仕事、見たくないですか？」

救えるのならば、救わなければならない。それが小百合たちの仕事だ。

「仕事？」

「私の除霊方法ちょっと変わってるんです。きっと興味あると思います。その人の思い残した食べ物を食べて……未練を断って除霊するんです」

「それは……」

彼は目をきょときょとと動かして、小百合を見る。

「なるほど食べ物か。食と睡眠は人間の大事な欲求だ。でも幽霊でも食べたいものが？

……いや、私にもあるのか、言われてみれば……」

「興味ありません？」

小百合は彼の顔を覗き込む。彼の心が揺れたのだ。救われたいと一瞬でも思ったその瞬間を見逃してはいけない。

「……だから大久保さんを救わせて」

「救う？」

「大久保さん、あなた幽霊研究家じゃないですよね。本当は……ピアニスト」

小百合は先程ポケットに突っ込んだ雑誌を取り出す。

誠一郎と並ぶ大久保は燕尾服姿。隣には期待のピアニストと文字が刻まれていた。

それを見て、大久保は顔を背け子供のように口を尖らせる。

「周りがそう言ってただけで……」

彼の目線の先にあるのは、本に埋もれる一台のピアノ。

「私は色々と恨みを買っている。生き返っていい人間じゃないんだよ」

この家は、全ての時が止まっている。

息子を救ってほしいと祈った男の声を、小百合は思い出した。

大久保が生霊となった理由など分からないが、彼の体は魂が戻ってくるのを健気に待っているはずだ。

そして彼の父も息子の救済を願っていた。真剣に願っていた。

「大久保さんに生き返って欲しいって思ってる人、絶対いますよ」

小百合はそっと、彼の手を引っ張る。

「大久保さん。こっちへ」

「先生と呼びなさい」

大久保は気難しい顔をするが、やがて諦めたように小百合の体に重なる。

「別に救われたいわけじゃない……ただ、君の除霊に興味があるだけだ」

幽霊よりもほんの少し温かく、少し質量がある。飲み込むのに苦労して、小百合は胸をとんとん、と叩いた。

押し込んでしまえば体の奥底から一つの味が浮かんでくる。熱々のスープ、鼻を抜けるカレーの香り……もちもちの麺。

朝からずっと食べたかった新作カップラーメンの味は遠くに追いやられ、口の中がすっかりカレー味になってしまう。

「……大久保さんが食べたいものは……カレー……カレーうどん？」

「君は心まで読めるのかね」

大久保はすっかり諦めたように穏やかに呟く。

「幽霊も生霊も、言ってみれば全部が心みたいなものだから」

「なるほど、面白い説だ」

大久保は偉そうに鼻を鳴らしてみせた。

「しっかり炒めた玉ねぎに、濃いお出汁。えーっと、お肉は薄切り」

湿った大久保の研究所を飛び出してアパートに戻ったものの、小百合は冷蔵庫の前で唸ることになる。

体の中に広がるカレーうどんの味わいを噛みしめるように。小百合は大久保の求めるカレーうどんを必死に探る。

「あとは薄揚げ……厚揚げ？　いや、やっぱり薄揚げだ、この味……」

手に食材を山盛り持って、お尻で冷蔵庫の扉を閉める。ケンタの文句の声を聞き流し、玉ねぎを少しクタッとなるまで強火で炒める。

薄揚げはへらへらと薄めに切って、肉と一緒に鍋に放り込んだ。その上からたっぷり注ぎ込むのは濃い目に出汁の素を溶いたお湯。みりんに醤油も少々。

砕いたカレールーをいくつか放り込むと、夏の台所がカレーの香りに包まれる。

「食事での除霊なんて初めて聞いたな」

大久保が興味深そうに呟く。彼の中で抵抗よりも好奇心が勝ったのだ。おかげで彼はすっかりおとなしい。

「幽霊の希望を聞いて？　それとも感じ取って？」

「半々ですね。あとは一緒に探ったり。本人が分かってないことも、多いから」

「君は何でも作れるのかね？　やはり簡単な除霊と難しい除霊というものがある？」

「材料が手に入りやすい料理だと助かります。今回みたいに」

フレンチや割烹料理は難しいだけでなく材料費で足が出る。どうか高級志向の幽霊にあたりませんように、と小百合はずっと願っている。

（あとは季節感にぴったりな料理なら助かるんだけどな）

鍋から上がる蒸し暑い湯気にあてられて、小百合の額から汗が流れる。夏場のカレーは地獄だ。こればっかりは自分で選べないのでどうしようもないことだが。

「うんうん。お出汁風味の甘めのカレーうどんですね。最後は……ええっ」

ぽん、と浮かんだイメージに小百合は愕然と腰を落とした。

「ホイップクリーム!?」

浮かんできたのは生クリームをしっかり泡立てた……ホイップクリーム。真っ白なホイップは小百合だって大好物だ。ただしケーキに載っていればの話だが。

「うええ……ここまでは完璧だったのに」

「おい君。馬鹿にしたな。砂糖抜きのホイップだ。美味しいのだぞ。ビーフシチューに生クリームを浮かべることだってあるだろう。海外だとワーテルゾーイという生クリームと卵のシチューや、サワークリームのシチューだってあるじゃないか。それに……」

「でもカレーうどんは日本食だし、シチューに載せる生クリームはホイップしないじゃないですか」

文句を言う大久保に些細な抵抗をして、小百合はため息を漏らした。

これもお仕事だから、と呪文のように唱えて冷蔵庫を覗き込む。

冷蔵庫の一番奥、鎮座する生クリームが見えて小百合は眉を寄せた。こんなときに限ってきちんと買ってあるのが憎らしい。小百合は自分の用意の良さを恨みながらクリームを泡立てる。

汗で泡立て器が滑るたびに、ケンタが呆れた顔で小百合を見上げる。

……その間に、鍋の中のカレーは完成に近づきつつあった。小さな泡がマグマのように湧き上がり、泡が潰れるたびにスパイシーな香りが舞い上がる。

普通のうどんスープよりも粘っこく、濃厚な泡。

茹でたての熱々うどんにカレースープをたっぷりかけて、薄切りの白ネギをぱらりと散らす。昼過ぎの日差しが、湯気を拾ってきらきら輝いた。

「ホイップ……」

勇気を振り絞り、うどんの上に、ホイップクリームをひとさじ。

熱々のカレーに、白いクリームがとろけてつるんと滑り込む。じわじわとクリームがカレーに浸透していく。

「いつもとちょっとパターンが違うから……うまくいくか分からないけど」

そして小百合は手を合わせる。

「……さあ、一緒に食べよう」

恐る恐る口に含めば、まず広がったのは柔らかいカレーの風味だ。ふにゃっとした麺にとろみのあるカレーが絡む。ネギの生っぽい食感に、薄切り肉と揚げの柔らかさ。

スパイスカレーとは全く異なる優しい味だ。喉を通り抜けるときの熱さと、鼻を抜けるカレーの甘みが体に染み渡る。

それに絡む、ホイップのまろやかさ。

「あ。案外美味しい」

目を丸め、小百合は思わず呟いた。見た目のインパクトと違って、味は驚くほど優しい。

大久保が感心するように呟く。

「君は食べ方が綺麗だな。私が食べるといつも飛び散らして叱られた」

「私、カレーうどん食べるの得意なんです。コツを掴んだら案外難しくないんですよ」

「……似た人間を一人、知ってる」

大久保の声はすっかり落ち着いていた。何かを思い出すように、記憶を探るように、ぽつぽつと呟く。

「父だ。譜面を前に一度も汚すことなく食べてたな、あの男は」

小百合の中に浮かんできたのは、白髪の男が台所に立つ風景だ。

「……君は高名な除霊師を父に持っているが、やりにくいと思ったことは？」

大久保が呟くと小百合の中に一つの光景が浮かびあがった。

それは、大久保の思い出の切れ端である。

「私の父は世界的な指揮者だ。性格はせっかちで口うるさく、最悪だったがね。売れるまでは苦労の連続でね。おかげで母は妹を連れて出ていった」

広い会場で喝采を浴びる男がいる。彼が腕を振り上げるだけで音が動き出す。そんな男を舞台の袖からじっと見つめるのは少年時代の大久保か。

「私は七光りでピアニストになった。しかしセンスが無い。自分でも分かってるんだ、父の楽団のような音は出せない」

父という光が生んだその影で、大久保は鍵盤を叩き続ける。その顔は少年から青年へ。そのつど、ほろ苦くなっていく。焦りは諦めに変わり、笑顔はこわばっていく。

「それで、情けない話だが……1年前に逃げ出したんだ」

燕尾服を脱ぎ捨てて、彼が逃げ込んだのはこの町だ。今にも壊れそうな古い家を手に入れて、威勢がよかったのは最初の一ヶ月だけ。

「本当は学者になりたかったのに、夢を追えないのは父のせいだ。ピアノが下手くそなのは期待を押し付けた周囲のせいだ……なんて全部人のせいにして、研究に没頭したが、そちらでも自説も生み出せず、ピアノと同じ、結局は真似事だ。君の魂のことだって、アドバイス一つできなかった」

大久保の声が段々としおれていった。

「数ヶ月前かな。偶然、父の演奏を見た……羨ましかった。父と楽団と、生み出される音。生きた音だよ。私が幽霊に惹かれるのは、父の作る生きた音が怖かったからだ。久しぶりにピアノに触りたい。私もこの音を生み出せる、生み出したい……そう思った」

……その矢先、大久保の父が死ぬ。

彼が病院にたどり着いた頃、すでに父親の魂は消えていた。その手を掴んで泣いても、父はもう答えない。

「私が意地を張ったせいで、臨終には間にあわなかったよ。手を握って呼びかけたが、もう聞こえちゃいなかっただろうな」

公園で声をかけてきた大久保の父を、小百合は思い出す。

あんなにふざけた口調だったのに、息子のことを語るときだけ声が震えていた。今、彼が父を語るときと同じだ。

「魂の研究家を目指したのに、父の魂一つ救えない。それならピアノで鎮魂歌を奏でるくらいすればいいのにそれからも逃げ出した」

大久保の声は力なく沈んでいく。

「……数日前だ。父の追悼の演奏会に誘われたのに、逃げ出そうとして……足を滑らせて転んで気を失って」

雨に濡れた階段が彼の足を取る。とっさに指を庇ったまま、彼は頭から地面に落ちた。

「気づいたら……また研究所に引き戻されていた」

小百合の中に風景が流れ込む。雨漏りでカビにまみれた、かつての夢。本に潰れるように放置されたピアノの鍵盤は、もう音もたてない。

「カレーうどんは父の唯一の得意料理だよ。これしか作れないから、父が家にいるときはいつもこれだ。馬鹿にするやつらには、親父がよく言ったもんさ。ビーフシチューには生クリームを入れるだろうってね……」

小百合はまだ熱い出汁を一口、一口、丁寧に飲む。甘くて優しい思い出の味だ。

「カレーって鍋のそばから離れられないし、ホイップを混ぜるのだって、結構面倒で手間じゃないですか。そんな面倒なことを、あのお父さんが？」

「そ……それは、私が偏食家で……カレーうどんしか食べなかったから」

「ホイップ入りの？」

大久保は悔やむように、声を絞り出す。

「……私が……ケーキばかり食べるから」

小百合の中に大久保の記憶が不意に流れ込んできた。

光差す台所で大久保親子が鍋を前に喧嘩をしている。喧嘩をしながら鍋に向かい、言い合いながらホイップクリームを混ぜる。

それでも向かい合って食べるのだ。揺れる湯気の向こうに透ける大久保父の顔は、優しく微笑んでいるように見える。

息子の好物を、彼は文句も言わずに作り続けた。タクト以外握らなそうなその手でホイップを混ぜて、誰にも下げたことのない頭を下げて、鍋の中を覗き込む。

それは大久保が幼い頃から続く習慣。

とろとろのカレーうどんに、柔らかいホイップクリーム。かつての大久保親子の姿がその味の向こうに隠れていた。

カレーはその香りと味で思い出を呼び覚ます。

「せっかちなお父さんだったんですよね。だけど朝、本物の除霊師が通りかかるまで、ずっと公園で待ってたんですよ」

一つ一つのカレーに、それぞれ家庭の思い出があるのだ。以前除霊した学校の先生は、そんなことを語っていた。

「カレーうどんを作り続けたのも、公園で除霊師を待ち続けるのも」

最後の一滴まで出汁を飲み込んで、小百合は口を拭う。

「全部、大久保さんのためじゃないですか」

大久保の心が揺れるのを小百合は感じる。その動揺は、小百合の中にさざ波のように広がった。

……あとは、彼を返すだけである。

「大久保さん、どうしますか？」

「良い経験をさせてもらった。憑依とは面白い。東北のイタコか、沖縄のユタ……いずれもシャーマンや霊能者だが、それに似ているね。しかし大体は自我を失いトランス状態に入る。ところが君は自我を保てている。これは面白い。一度取材をしてみたかった」

「私は大久保さんの演奏が聞きたいです……でもどちらもいつでもできますよ」

あの研究所で見た大久保の指には、怪我どころか汚れ一つ付いていなかった。

彼の手は、まだピアノを諦めていない。

「だって、大久保さん、生きてるから」

「……そうか」

部屋にはまだカレーの香りが残っている。夏は香りが残りやすい季節だ。

大久保の意識が窓の外を向く。

「生きてるのか」

小百合の中に流れ込んできた風景は町の外れ。そこには市の総合病院がある。

「2階の、奥の部屋」

「やっぱり先生だから、記憶力抜群ですね。生霊になっても覚えてるなんて」

ケンタを外に繋いで、病院の入り口をさり気なく抜ける。受付をすっと通り抜けて、入院受付へ。大久保が囁いた部屋番号を告げると、看護師は何も言わず小百合を通してくれた。

2階には病棟独特の不思議な香りが広がっている。それは熱と消毒薬の香りだ。つるつるの廊下を看護師たちが忙しそうに行き交っている。

大久保の記憶をたどりながら、着いたのは一番奥の部屋。薄く開いた扉を、小百合はそっと覗き込む。

「本当は……あのまま死のうと思ってたんだよ」

「え？」

「追悼公演に出演するのは私だけじゃない。父が育てたオーケストラ全員が参加する大事なステージだ。それから逃げ出して」

大久保の記憶が小百合の中に流れ込む。階段から滑り落ち、叩きつけられた冷たい地面、顔の横を駆け抜けていく車の音。

思わず守ってしまった自分の指を見つめて、彼は悔しく思っただろう。

才能の無さにもがきながらも、ピアニストであろうとしている自分を悔しく思ったのだ。

「皆に迷惑をかけて、父にも顔向けができず、何をしても中途半端で」

たった2センチほどの隙間からは、部屋の様子がよく見える。

大久保の記憶にあるこの病室は寂しい風景だった。しかし今、大久保が眠るベッドの周囲に何人かの男性が集まっていた。

皆、真剣な表情だ。皆がベッドを囲み、眠る大久保の顔を覗き込み、声をかけている。囁くように誰かが歌う。誰かがベッドを軽く叩きリズムを作る。たん、たん、たんと響くそれにあわせて一人、もう一人、歌声が重なり始める。

「もう二度と、音楽なんて、ごめんだと思っていたのに」

気がつけば、小百合の指が自然に動いていた。

指が鍵盤を叩くように動く。なめらかに心地よく、指が跳ね上がる。

それは、病室から聞こえる歌と同じリズムだ。

小百合の指に涙がはらはらと落ちた。

熱い大粒の涙が何粒も、小百合の指を濡らしていく。

「……なんで、こんなに、弾きたいのかなあ」

小百合の体から、ゆっくりと大久保が離れた。

温かさがゆっくり抜けていくような、不思議な感覚だ。やはり、幽霊とは少しだけ違う。

彼は生きている。

大久保を病室の前に立たせて小百合は微笑んだ。

「ほらね。大久保さん自身も助かりたがってる」

彼は戸惑うように小百合を見つめた。

「なぜ、君は除霊師などをするのかね。危ない目に遭いながら」

「さっき、高名な父がいて嫌じゃないかって言ってたでしょ？　私ね、一度もそんなことないんです」

父と聞いて小百合が思い出すのは誠一郎の大きな手だ。大きな背中だ。どれほど多くの幽霊を救ってきたのか。小百合は幼い頃からその背中を見つめてきた。

「誠一郎さんは私のやり方、馬鹿になんてしなかった。それだけです」

「そう……だな」

大久保は呆然と立ち尽くしている。部屋の奥、音が緩やかに広がった。誰かの音を待つように、部屋の中に音がみちみちていく。

それを見つめて大久保の指が小さく震えた。

「……父も楽団も、誰も私のピアノを馬鹿になんか、しなかったんだなあ」

小百合は彼の丸い背中をそっと押す。

「さあ、行って」

大久保の体はまるで吸い込まれるように隙間に滑り込んだ。魂が温かさを持つ。ベッドで眠る体に重なって、それは一つの塊になる。カレーの湯気のような、重くて粘度のある煙だ。

……やがて、足先が少しだけ動くのが見えた。

乾いた呻き声が響く。それは声にならない、子供のような声。

それはきっと奇跡だろう。驚くように男たちの歌声が止まり、横たわる大久保の目から本物の涙が溢れる。

嗚咽をこらえるように彼らは抱きしめあい、ナースコールが連打される。廊下の向こうから慌てたように看護師が駆け寄ってくる。

「ありがとうよ」

気づけば隣に、派手なシャツのロマンスグレーが浮いていた。彼は小百合に深々と頭を下げ、少し照れるように微笑んだ。

「この世の金など、もう持っちゃいねえが、いつか必ず姉ちゃんに俺の演奏を聞かせてやるよ。生前なら俺のコンサートはプレミア価格だ。それで一つ手を打ってくれ」

「……はい。楽しみにしてます」

中から響く祝福の声を聞きながら、小百合は崩れそうな体を、廊下の壁に押し付けた。

「除霊師が幽霊から仕事を受けてりゃ世話ねえな」

「おはようケンタ。1時間たった？」

「1時間どころか、すっかり夜だよ。よく頑張ったなお嬢さん」

なんとか家にたどり着いたのは、夕方過ぎ。

病院で倒れると迷惑をかける。倒れそうになるところを踏ん張って自宅の鍵を開け、玄関先で意識を失い数時間。

目が覚めると、部屋はすっかり夜の色だ。

息をするだけで体の中が蒸されるように暑い。ぱたぱたと手で顔を仰ぎながら小百合は溢れる汗を拭う。

いつもより長く眠ってしまったのは、ここ数日の寝不足のせいだろう。うん。と伸びれば体の底に溜まっていた眠気がすっかり消えているのが分かった。

「なんで金にならん仕事ばっかりするかね……」

大久保の研究所から引っかけてきたらしい黒い影を鬱陶しそうに振り払い、ケンタが吐き捨てた。

今日はなかなかハードな一日だった。せっかく買ったカップ麺は床に転がったまま。そんなカップ麺の上を小さな影が通り過ぎていく。

ベランダの向こう、首の折れまがった女が呻くように這いずっていく。小百合とケンタはそちらを見つめ、小さく息を吐いた。

「盆に向けて幽霊が増えてきたな。面倒なことが起きそうだ。小百合、無理はするなよ」

彼は琥珀に輝く左目で浮遊する幽霊を睨みつける。その表情はまるで人間のようだった。

彼には人の魂が閉じ込められている……と大久保は言っていたが、そのことを信じる人間は少ないだろう。ケンタの言葉を聞き取れるのは小百合だけで、彼がかつて人間であったことを知っているのも小百合だけ。

（……ケンタは怖くないのかな）

長い鼻先をそっと撫でれば、ケンタは心地よさそうにその目を瞑る。が、首を振って小百合の手を甘噛みする。

「犬にするような真似はやめろと言ったはずだが？」

外を車が駆け抜けていき、光が部屋に反射する。その光が机の上に広げた雑誌を照らす。

そこに切り抜かれた誠一郎の横顔に小百合はそっと指を伸ばす。

誠一郎が消えた日からあと数日で1年。

たしかあの日も、こんな蒸し暑く肌が張り付くような夜だった。

第五話　彼女は――を除霊する

かすかな振動が小百合を揺り起こした。

「ん……？」

腹の底に響く振動音、ぬるい温度。顔を上げれば、丸い手すりがお行儀よく左右に揺れている。

「……バス？」

小百合が座っているのは赤いベロアの長座席だ。丸みを帯びた天井に、茶色の床。窓ガラスは白く濁っていて、外の風景はよく見えない。

（降りなきゃ）

嫌な予感に襲われて、小百合は腰を浮かす。そうだ降りよう。降りなくてはいけない。ここに留まってはいけない気がする。

「……誰？」

気配を感じ、小百合は動きを止めた。

気がつけば小百合の隣に少女が一人。熱も音も感じない……すなわち彼女は死んでいる。膝を抱えて顔をうずめ、その横顔は小さく震えて真っ青だ。細い体には黒い煤が張り付いて、彼女が震えるたびに煤が散る。

床を染める煤は、彼女から落ちた未練の残り香だ。

「……こっちに来られる？」

だからつい、小百合は手を差し伸ばしていた。

バスが揺れるたび、まるで心音のような音が響く。

生者はその音を聞いて心地よくなるかもしれない。

死者はその音を懐かしく思うのだろうか、それとも悲しく思うのだろうか。

（あれ？）

茜色に染まる車内を眺めて小百合は戸惑った。

（なんで、バス？）

自分はいつ、このバスに乗ったのだろう。

それに気づいた瞬間、小百合の背に一筋の汗が流れた。

薄暗い道路を歩く夢、不思議な振動を聞く夢。赤い色、黒い影。それは1年前から繰り返し見る悪夢。

それがまるで、パズルのようにくっついていく。

古い路線図が貼られた天井、黒い通路、血のような色をしたベロアの赤い椅子。

……全て、舞台はこの場所だ。

それに気づいた瞬間、小百合は反射的に立ち上がっていた。

「小百合」

気がつけば目の前に闇がある。

生気のない黒い目が、小百合の顔をじっと見つめている。

小百合は直感する……これも夢だ。

（ケン……タ）

小百合は思わず隣に腕を伸ばす。いつもそこにあるはずの体温が、今はない。

「さゆり」

少女の声は、まるでパレードのように賑やかに甲高い。

その細い手がゆっくりと小百合の腕を掴んだ。

痛みはない。ただ、力が抜ける。少女の顔が小百合に近づく。彼女の口がぱくりと開く。

その中は塗りつぶされた、夜の闇。

その中から金属のような声が響く。

「たすけて」

小百合の足が、まるで階段を踏み外したように大きく震えた。

「ねえ。ちょっと……大丈夫？」

甘く粘つく声が、小百合の目覚ましとなった。

体も瞼も重い。まるで深い穴に落ちてしまったようだ。溺れるようにもがくと、冷たい塊が小百合の頬にふれる。

「寝相、悪すぎない？」

……頭が痛いはずだ、立ち上がれないはずだ。

「こんなところで寝てると、頭に血が上るわよ」

どう寝転がってきたものか、小百合は玄関の三和土《たたき》の上に見事落下していた。15センチ程度の段差に頭だけ滑り落ち、小百合はひっくり返った虫のようにもがいている。

そんな情けない姿を派手な顔立ちの女が覗いていた。

胸元のあいたシャツに、短いスカート、マッチ棒みたいに細いピンヒール。鼻に絡みつくような甘い香水。一気に目と鼻が刺激され、小百合の脳が覚醒する。

「ら……蘭子……さん？」

玄関先から小百合を覗き込んでいるのは、ニセ除霊師の蘭子という女。小百合の頬に触れた冷たいものは、彼女の長い爪らしい。

「せいかーい」

軽い声が寝起きの頭に響いた。

這うように身を起こすと全身に痛みが走る。あちこちぶつかりながら玄関まで転がってきたようだ。部屋を見ればケンタは消え、ベランダの扉が中途半端に開いたままになっている。怒って出ていったな、と小百合は頭を抱えた。

「除霊師って夜勤多めの仕事だけど、夕方まで眠りこけるってちょっとアレよ?」

施錠したはずなのに玄関は全開。扉から滑り込んだぬるい温度が小百合の頬を撫でる。

「鍵……なんで……?」

悪夢にうなされ転がって三和土に落ち、あげく不法侵入の蘭子に顔を覗かれるなんて最悪の目覚めである。

しかし蘭子は赤い唇で微笑んで、小百合の顔を撫でるように叩くのだ。

「チャイムを鳴らしても出ないから、大家さんにマスターキー、借りて来ちゃった。あんたにお仕事持ってきてあげたのよ」

「ねえ。不法侵入って言葉、知ってる?」

「バカにしないでよ」

彼女は指の先で鍵をくるりと回す。

「そんなの得意中の得意に決まってるじゃない」

蘭子の向こう側にみえる町並みは夕日で赤く染まっていた。

「ピッキングとか鍵を盗むとかさ、そういうのは下の下なわけ。一番いいのは本人から鍵をもらうの。次点は、今みたいに正式のやり方でちゃんと鍵を入手することね。言い訳できる余地は残さなきゃ」

招福の前では猫をかぶっていた彼女も、小百合の前だとすっかり嫌な女だ。化けの皮が剥がれた化け猫みたいだ。と小百合は思う。

「……で？　そろそろどこに行くのか教えてくれない？」

小百合はできるだけ苛立ちを抑えながら、尋ねる。

蘭子は目的地も告げず、小百合の腕を掴んで六叉路を東に進み始めたのだ。

着物さんに向かって『年増の幽霊がいる』などと呟いたせいで、蘭子が派手に転ぶという事故が起きたものの、それ以外はほぼ平和だ……この意味不明な散策以外は。

「お腹空いたから、晩御飯食べたいんだけど」

「その前に質問……あんたってさ、ほんとに招福さんとは何ともないの？」

転んで擦りむいた膝を痛そうに撫でながら蘭子が小百合を睨む。

「たしかにあたしは詐欺師かもしれないけど、恋愛については結構真面目な方なの……あ。赤信号になるよ、止まって」

蘭子は信号を見上げ、小百合の前に腕を出した。車などほとんど通らない狭い横断歩道だが、それでも彼女の赤いハイヒールは線の内側でぴたりと止まる。

「ライバルと仕事ってやりづらいじゃない？」

「招福さんは私の義父の一番弟子。別に邪魔するつもりもないけど……」

小百合は招福の微笑みを思い浮かべながら言う。小百合の知る限り、招福ほど穏やかで優しい人間は存在しない。

しかし、彼は案外頑固だ。一人を尊敬すればその人の言葉以外、耳を貸さない。

つまり、招福の世界は誠一郎だけでできている。

美人に言い寄られても目にも入らない。小百合に構うのも、誠一郎の義娘《むすめ》だからだ。仮に小百合が誠一郎と関係のない存在だったなら、きっと招福は気にもかけない。

色々な過去を思い出し、小百合はふう。と息を吐く。

「多分、望み薄だと思うけど」

「望みなんて作ればいいのよ。これですっきりしたわ。次は仕事の話しましょうか」

蘭子にはくじけない、というモットーでもあるようだ。彼女は切り替えるように手のひらを打ち鳴らす。

「そういや犬は？　あの犬も勘が良さそうだから、使えるなら使いたかったんだけど」

「先に私に説明してよ。何をするのか」

「……これよ」

彼女は小さなカバンから紙切れを取り出し小百合に見せつけた。一番上に書かれているのは『除霊契約書』。

真ん中にある金額の項目は、彼女の赤い指先がうまく隠してしまっている。

「商店街の人からの仕事依頼。あんたと組もうと思って」

信号が青に切り替わった。それでも二人は一瞬、警戒する。

こんな町では、信号機にいたずらを仕掛ける幽霊だって多いのだ。

「……さ、進もう」

「何、勝手なこと……」

「それがさ、バスに出る幽霊なんだって」

急に、風が吹いた。

それは、ぬるくて独特な香りがする……煤の臭いだ。

「……バス？」

先程まで雨が降っていたのだろう。蘭子の後ろに広がるのは、しっとりと湿った空。緞帳みたいな重い紺の雲に、オレンジの一筋。まるでナイフで切りつけられたように、その一筋だけが眩しいほどに赤い。

ちくりと痛みを覚えて小百合は自分の右手を見る……そして背中が震えた。

小百合の右腕。夢の中で少女にきつく握られたその場所に、夕日と同じ赤い跡が残っている。

それは、まるで小さな手のひらに強く握られたような……そんな跡。

蘭子の視線に気づき、小百合は慌てて腕を背中に隠した。

「旧車庫にある古いバス。知ってるでしょ？　あそこが現場なんだけど……」

蘭子が説明したのは、修司が気にかけていたレトロな古いバス。かつて町を走っていたバスだと修司は言っていた。それは今、旧車庫に放置されている。

それが動くのだ。と、蘭子は言った。

「最初に騒ぎになったのは、確か1年前」

蘭子は長い爪をものともせずに器用にスマホをいじると、そのときのニュースらしいページを見つけ出す。地方のニュースサイトだ。

そこには『想い出のバス、動き出す』と書かれていた。

「当然、バスには燃料だって入ってないし、そもそもエンジン自体が壊れてる」

……最初は車留めが外れる程度だったらしい。

しかしある日、バス自体が動き出した。最初は30センチ程度。その次は1メートル。紐で縛っても気づくと外れ、動き出す。

全てのタイヤに車留めを施しても、朝になれば外れている……そして、車体は数メートルも進んでいる。

「どうもね、昨年の今くらいに、町おこしイベントでバスを使おうとした途端、動き始めたらしくって。それで除霊師に頼んだ……っていうのがこの町っぽいわよね」

「除霊師に頼んだなら」

「事故……が起きたんだって」

事故、と蘭子は敢えてそう強調した。その口調に小百合の背が冷える。除霊師にとって、どんな怪談より恐ろしい、それが事故だ。

除霊は時に危険を伴う。しかし視えない人間には除霊師の失敗は伝わりづらい。怪我をしても病気になっても、依頼主からは「事故」の一言で片付けられてそれでおしまい。

小百合だって、これまで何度も「事故未満」を経験している。

蘭子のような詐欺師からすると、危険を伴う除霊は割が合わない、という顔である。

「その除霊師は？」

「さあねえ。連絡が取れなくなったっていうから……最悪死んじゃったか……それかあたしみたいな詐欺師だったか、ね。実際は詐欺師だったんじゃない？　やばいと思って逃げたのよ。あたしでもそうするし」

つまらなそうな顔で蘭子は伸びをする。

「で、冬の間はおとなしくしてたバスちゃんが最近また動きはじめて、あたしに依頼が来たってわけ」

完璧な笑顔で蘭子は微笑む。とろけるような甘い微笑で、傾ける顎の角度まで計算し尽くされている。女性に弱い商店街長ならイチコロだろうな、と小百合は納得した。

「でもあのバス、変な気配はないと思うんだけど」

小百合は首を傾げた。たしかに広場はどんよりと空気が重く、その奥に設置された旧車庫は薄暗い。いかにも何かが出そうだが、気配は特に感じない。それなら町の公衆トイレや袋小路の奥にある小さな児童公園。そちらの方がよほど悪霊溜まりである。

「祓いました。って言って終わりにしてもいいんだけどさ。二度も詐欺師に騙されるなんてかわいそうだから、あんたを誘ってあげたの。取り分は2対8でいいわよね。もちろんあんたが2よ」

「なんで、蘭子さんみたいな……」

「詐欺師に仕事の依頼が来るかって？　そりゃ他の除霊師にとられないように、営業をかけてるからね。口コミ頼りの誰かさんと違って」

彼女は赤い爪先に横髪を巻きつけて、小百合に微笑みかけた。

「でさ。急なんだけど明日までにどうにかしてほしいのよね」

「明日!?」

「明日、迎え火でしょ」

蘭子が道の向こうを指す。夕日に沈む商店街の一本道を、お年寄りたちが灯篭《とうろう》を片手にゆっくりと歩いていくのが見えた。

波岸町のお年寄りは案外イベント好きである。秋には百物語をテーマにした彼岸祭りを、春には幽霊ストリートイベントなどを催して観光客を呼び込む。

しかしその中で最も力を入れているのが、8月13日に行われる迎え火と、16日の送り火だ。

町のお年寄りたちが蝋燭や提灯を片手に、歌いながら踊りながら墓地に向かうのだ。送り火では三途川で灯篭流しも行われる。

普段は静かな町が明るく染まり、極楽浄土もかくやといった華やかさ……という噂。

「観光客も多いし、今年はテレビとか雑誌の取材が入るらしくってさ。外の人に怪我でもされちゃ困るんだって。年寄りってそういうの、嫌がるじゃない？」

揃いのアロハシャツをまとった顔なじみが、楽しそうに手を振り歩く。

明日、光に導かれて多くの幽霊がこの町に戻ってくる。

そしてこの波岸は、『彼岸』の町となる。

「そっか……もう、今日、12日なんだ。16日まで……あと4日？」

呆然とお年寄りの集団を見送る小百合に、蘭子が呆れたように肩をすくめた。

「寝すぎて時間の感覚、狂っちゃった？　しっかりしてよ、このシーズンは除霊師の繁忙期でしょ。今稼がないでいつ稼ぐのよ」

幽霊の増える今の時期は除霊師にとっては特別だ。さらに小百合にとって、もう一つ意味がある。

（……あと4日で、誕生日）

蘭子に気づかれないように指を折り、ごまかすように手をきゅっと握り込む。

あと4日で8月16日。誠一郎が姿を消して1年。

……10代が過ぎていく、誠一郎と共に過ごした10代が暮れようとしている。

20歳の誕生日には必ず戻る。誠一郎の言葉を思い出し小百合の足が自然に重くなる。

（あと、4日）

これまで誠一郎を疑ったことはない。誠一郎は嘘などつかないはずだ。しかし、こんなに長い空虚な時間は初めてで、どうしたって嫌な想像が浮かんでしまう。

（誠一郎さんは……ちゃんと……）

戻ってくるのかな。そんな思いに、足が止まる。しかし、後戻りするには少し遅すぎた。

「さあ、ついた」

蘭子の冷たい手が小百合の背を押す。

目の前に、赤い闇に覆われた旧車庫が見えた。

円形広場の奥に鎮座する赤錆の浮いた車庫は、相変わらず風が吹けば飛びそうなくらいにボロボロだった。

破れたトタンの屋根に剥がれた壁。水が腐ったような饐《す》えた臭いだけが広がっている。

かつてはここに何台ものバスが格納されていたのだろう。しかし公営バスは全て消え去り、件《くだん》の古いボンネットバスだけが取り残されている。

暗がりを見つめ、小百合の背が少しだけ震えた。なぜか嫌な予感がする……ほんの少しだけだが。

「ここにあるのはバスも含めて波岸町にあった遊園地の名残よ」

蘭子は慣れた様子で立入禁止のテープを越える。

ボンネットバスの奥に積み重なっているのは顔の壊れたメリーゴーラウンドの馬だ。その隣には塗装の剥げ落ちた観覧車のゴンドラも転がっている。

「ミュージアム的なものを作ろうとしたらしいけど、予算不足。でも廃棄するのもお金がかかるでしょ。昔は結構綺麗にしてたみたいだけど……最近はサボってるみたいね」

ふと、蘭子の目が寂しそうに廃棄物を見つめた。

「遊園地が潰れたのは15年前。知らない？　三途川を見下ろす場所にあった、波岸リバーパークっていうやつ。観覧車とメリーゴーラウンドがあって。すごく小さい、おもちゃみたいな遊園地」

蘭子は目を細め、わざとらしく視線をそらす。軽く唇を噛みしめたのを小百合は見逃さなかった。

「……蘭子さんってこの町に詳しいの?」

「まあね。その遊園地で、あたし、親に捨てられたから」

さらりと漏れたその言葉に、小百合は息を呑む。しかし彼女は平然と笑うのだ。

「何よ。変な顔しないでよ。珍しい話じゃないでしょ。この遊園地ね、最後には子捨て遊園地って名前がつけられるくらい一時期、子供の置き去り事件が次々起きたの。ここ根城にするならちゃんと下調べしなさいよ」

蘭子は平然と、腕を組んで胸を張る。ぴんと伸びた足には悲しさも切なさも見えない。ただ堂々と彼女はメリーゴーラウンドの馬を睨みつける。耳の欠けた馬の像は寂しそうに闇の中に沈んでいた。

「このバスは、その遊園地と駅を結ぶために用意されたの。戻り橋ってあるでしょ? あそこにバス停があったの。なんであの橋が戻り橋って呼ばれてるか知ってる?」

「魂が戻るっていう?」

「……違う。家族が戻るように、って付けられた嫌みな名前。戻ってくる親もいたし、戻らない親もいる」

蘭子の言葉を聞いて小百合は修司の言葉を思い出した。魂が戻るなんて、そんないいもんじゃない……彼はそう言って言葉を飲み込んでいた。

「あたしの場合、戻ってこなかったけど」

蘭子は肩をすくめて平然と、腕を組む。鬱陶しそうな顔で赤い夕日を睨む姿は、やはり威風堂々として見えた。

「だからこの町にも戻る気はなかったんだけど……ああもう、違う違う。そんなの話したかったわけじゃないの。余計なことばっかり喋っちゃったじゃない」

彼女は言葉を途中で飲み込むと小百合の背中をぽんと押す。

「もういいから、早く終わらせてきて」

商店街長から借りてきたという鍵を挿せば、バスの扉は泥水を吐き出しながら開いた。ステップには埃が積もり、緑のカビが群生している。

どろどろのステップを踏んで中を覗き込むと、そこは闇がとぐろを巻いているようだ。バスの中はまさに一寸先は闇。中には誰もいない……生きた人間は。

代わりに聞こえてくるのは、悪霊たちの狂ったような笑い声だ。そして嘆きの声に、怒りの声。ここにケンタがいたら、きっと小百合を止めただろう。
（ケンタ）
思わず相棒の名前を呼びかけて、小百合は頭を振る。

いつも掴んでいたリードがない。それだけで小百合の心が不安に揺れる。こんなこと、ケンタに出会う前の小百合なら想像もできなかっただろう。

「なあに？　怖いの？　お手々繋いであげようか、本物の除霊師さん」

「邪魔だから帰っていいよ、偽物の除霊師さん」

小百合は言い返しながら腹に力を込める。本物の除霊師は、こんなことで怯んではいられない。

（しっかりしろ……一人で頑張ってたことも、あるじゃない）

仕事は投げ出さないこと。

それもまた、誠一郎の10か条の一つだった。


「あー……これは」

床を踏むとぎしりと嫌な音をたてた。床の割れた箇所に、黒い水が溜まっている。できるだけ頑丈そうな場所を選んで、小百合は恐る恐る足を踏み出した。

一番前の席に、ひび割れたバケツと乾いた雑巾が転がっている。そのバケツの表面に西団団子店の文字だけが、掠れながら残っていた。

床だけではない。バスは外から見る以上に、ボロボロだ。椅子にはカビが生え、窓にはヒビの跡。

鼻に届くのは埃臭さと時間の停滞した香り。そして未練が残す煤の臭い。

（……なるほど、本物だ）

バスの中には闇が充満していた。

悪霊など恐ろしくもない。ただ、目の前の風景の既視感が小百合の足を戸惑わせる。

硬い床の感触、古いバス特有の香り、ガラスの曇っているところ……小百合はこの風景を知っている。

小百合の額から、一筋の汗が流れた。

（……これ、夢の中の風景）

赤黒いベロアの椅子、丸い手すりに黒い床。それは小百合が1年前から見続けている夢の風景だ。夢の断片がパズルのように組み合わされば、この風景となる。

予知夢というのか、除霊師はまれにそんな夢を見る。

（このバスだ）

暗がりが広がる座席の間の通路を足で探る。奥に近づこうとして小百合は思わずたたらを踏んだ。

「え……？」

まるでエンジンがかかったようにバスが震えたのだ。振り返ると扉が勝手に閉まる。

同時に奇妙な音楽が車内に流れ、聞いたこともない停車駅が告げられる。

運転手もいないくせにバスが今、動こうとしている。

（……おおっと……）

バスががたん、と揺れる。車留めを越えた、そんな音だ。窓ガラスを叩くが、蘭子の姿は見えない。

(止めてって言って……止まるわけないか。バスを動かしてる子を探さなきゃ)

転びそうになる小百合の耳元を、女の笑い声が通り過ぎていく。男の悲鳴や、痛い痛いと叫ぶ声が交錯する。

未練が重なり怨念となってしまった……彼らは悪霊だ。

(悪霊に成れば、救えない)

誠一郎の言葉を思い出し、小百合は足を踏ん張る。

出会うのがあと少し早ければ救えたかもしれない。そんな霊もいるはずだ。1日、3日、一週間。早く出会えれば、彼らの『ありがとう』が聞けたかもしれない。

助けそこねた幽霊を小百合は何度も見てきたし、そのつど悔しい思いをしてきた。

だからこそ、救える幽霊に対しては全力で立ち向かう。それが誠一郎の教えである。

(あそこに、いる)

目を細めると、バスの一番奥の席に一人の少女が見えた。目にした途端、小百合の腕に鈍い痛みが広がる。足先が、ふっと冷たくなる。

(……夢の子だ)

それは夢の記憶だった。悪夢の中で小百合の腕を掴んだ少女である。

ガリガリにやせ細り、青い顔をした少女は膝を抱えて俯いたままだ。白っぽいよそ行きのワンピースはくたびれて汚れている。

幽霊は死んだときの姿でさまようことが多い……そんなことを思い出して小百合は切なくなった。

「ああ、小百合だ」

「小百合がきた」

まるで狂ったような声が周囲を取り囲み、小百合は頭を振る。

少女の周りを覆う黒い影は、全て悪霊だ。

未練の強すぎる幽霊は悪霊を引き寄せやすい。

特にこんな、迎え火の近い……彼岸と此岸《しがん》の合間のときは。

「呑気な除霊師」

耳元で狂ったような笑い声が響く。

闇に囲まれて、少女は小さく縮こまっていた。

バスはギシギシと左右に揺れる。派手な動きだが実際は1メートルも進んでいないだろう。ぶるぶると震えながら動こうともがいている……そんな感覚。

（あと何メートルまで耐えられる？）

小百合は車庫の外を想像し手のひらを握りしめる。外には蘭子、その先には生活道路。

今の時刻、迎え火の予行演習で人通りも激しい。

……今、動かれるのは困る。

「このバスを引っ張るのは、あなたなの？」

小百合は深呼吸し、奥の座席に座る少女に手を差し伸べた。

「……来ないで」

少女は小百合に気づいたように、顔を上げる……が、すぐに顔をそむけた。

「何も分かってないくせに」

一歩、近づくたびに小百合は確信する。何度も夢に出てきた少女だ。生気のない目はいつも寂しそうだった。悲しそうだった。

「放っておいて……」

……まだ、救える。

「ねえ。こっちに来て。私の中に入れるかな」

小百合は腕を広げ、ゆっくりと息を吸う。

「行きたいところ、連れて行ってあげる。食べたいものも食べさせてあげる」

「相変わらず、のんびりとした除霊だね」

小百合の手が彼女の体に触れるか、触れないか……懐かしい声が聞こえたのは、そのタイミングだった。

「久しぶり、小百合」

声が聞こえた瞬間、小百合の足が止まる。

鼓動が速くなり、小百合は乾いた唇を震わせる。

「まさか……」

声が聞こえた場所は、小百合の場所からちょうど三つ向こうの席。

顔を上げると、そこに見覚えのあるくせ毛が揺れていた。

どれだけ梳《す》いてもワックスを付けても、午後には好き勝手にはねる自己主張の強い髪だった。仕事に行くときくらいは小綺麗に、と小百合が怒っても本人は知らぬ顔。

そんな懐かしい髪が、すぐ目の前で揺れている。

「……まさか」

古びた椅子から伸びる、黒いズボンに見覚えがある。

少し汚れたシューズも、何が入っているのか分からない大きなカバンも。つまみ食い用のお菓子が詰まって膨らんだポケットも。

「誠一郎さん？」

葛城誠一郎。

悪霊が群がる闇の中に、ずっと待ち望んでいた人がいた。

彼はやせ気味で背の高い男だ。しかし猫背のせいで、いつも少し背が低く見えた。

「……これまでどこに？」

誠一郎の黒いスーツはよれている。

どこでも気にせず座り込むので、彼の服はいつもヨレヨレだった。

眉は常に下がり気味。そのせいでいつも困り顔に見える人だった。

「これまで……」

そして大きな手のひら、長い指。

差し出された手のひらに、小百合は吸い込まれるように手を伸ばす。

大きくて少し乾いたその手に、いつも小百合は引っ張られてきた。

この手に引っ張られて、小百合は歩いてきたのだ。

「誠一郎さん」

足を動かそうとすると膝が笑い、まっすぐ前に進めない。

「どこにいたの？　これまで……」

話したいことは山のようにある。これまでの除霊の話、ケンタの話。しかし言葉が詰まって何も出てこないのだ。

「誠一郎さん、なんで、ここにいるの？」

「会いに戻るって約束しただろう？」

「まだ何日か早いよ」

昔は顔に皺一つなかったのに、最近は皺が増えた……なんて小百合に愚痴を言っていた。その皺を深くして彼は笑う。

「いいことだろう？」

胸が詰まっても、涙は出てこない。ここで泣いて飛びつけたら完璧だったのに。と小百合は悔しく思う。

「おいで、小百合」

……音をたててバスが停まった。転《こ》けそうになって思わずベロアの椅子を掴むと、指の間から黒い水が溢れて垂れる。

「誠一郎……さん？」

誠一郎は悪霊を無視して、降車口に向かって歩きはじめた。

「待って誠一郎さん。今、仕事の途中で……」

「一緒に外に出よう、小百合」

バスの扉がゆっくり開き、誠一郎は外へと足を進めた。

「待って」

つられて階段を降りかけた小百合だが、ふとその足を止めた。

目の前にある誠一郎の黒いスーツはよれているが、シミ一つない。汚れもない。小百合の手を汚した黒い水の滴りが、彼の体に付いていない。

「小百合？」

くすんだ緑のステップに誠一郎の足が見える。大きな足なのに、走るのは苦手だった。

幽霊を追いかけるとき、いつも誠一郎は息を乱して走っていた。

途中で諦めることなんて、一度もなかった。

(……誠一郎さん10か条)

思い出したのは、誠一郎が繰り返し口にした10か条。

彼は幼い小百合の前にノートを広げて、一つ一つ文字を書いてみせたのだ。

部屋の片付けよりも何よりも、仕事が一番大事。

除霊中は目を開けておくこと。

仕事は縁のものだから、受けられるうちに受けること。

そして。

(仕事は投げ出さないこと)

誠一郎はすでに外に降り立っていた。彼は昨年と変わらない笑顔で小百合に向かって手を差しのべる。

「誠一郎さん……私ね、除霊、頑張ったの」

小百合は足を止め、目前の男に言う。しかし男は目を細めただけだ。

「……そうか」

小百合の言葉を聞いても、ただ微笑みを浮かべるだけ。

「……誠一郎さんじゃ、ない」

小百合が呟いた瞬間、男の顔がぐにゃりと歪んだ。

黒い渦が体から溢れ、けたたましい笑い声に変わる。

体が、不安定に、揺れた。


「小百合！　目を開けろ！」

「……！」

名前を呼ぶその声に、小百合の目が見開く。視界が開けた瞬間、小百合の喉が鳴った。

……足元は空虚。

小百合はバスの窓枠に手をかけて、飛び出そうとしているところだった。

閉まっていたはずの厚い窓が外れ、地面の上で砕け散っている。こじ開けられた窓枠に手をかけて、小百合は宙へ身を投げようとしていた。

バスは振り子のように左右に揺れている。車高が高いせいで、地面までの距離が遠い。

アスファルトには、飛び散ったガラスの破片が夕日の色を吸い込んで輝いている。

……落ちればただでは済まない。

「小百合！」

窓から身を乗り出した小百合の服を、ケンタが引っ張っていた。

バスの外では蘭子が目を丸くしてこちらを見つめている。駆けつけてきたと思われる招福が真っ青な顔で小百合の名を叫んでいる。

バスはまるで横倒しにでもなりそうな勢いで、左に揺れ右に揺れ、古びたエンジンの音を高らかに響かせ……そして止まった。

「ケンタ!?」

ケンタに思い切り引っ張られ、小百合は床に尻もちをつく。痛みはない。ただ一気に汗が噴き出して、全身が震えた。

「お前、いきなり窓から飛び降りようと……」

「……ケンタ！」

小百合は思わず彼の頭を抱きしめる。彼自慢の毛並みはボロボロだ。割れた扉の小さな隙間から入ってきたのか、体には血が滲んでいる。

小百合はケンタを抱きしめたまま呆然と、車内を見渡す。まだ誠一郎の声が耳に残り、姿が目の奥に残っているようだ。

あれはやはり本物だったのではないか。小百合の不用意な一言のせいで誠一郎を怒らせてしまったのではないか。ぞくりと小百合の背が震え、胸の奥が苦しくなる。

「……ケンタ」

「匂いをたどって探したら、お前、なんでここ……こんなところに……」

「ケンタ、いま、誠一郎さんが」

「は!?　いるわけがない！　悪霊は人を騙すんだ。しっかりしろ！」

ケンタは激しく吠えて、小百合の足を何度も踏みつけた。

「だって」

振り返っても、そこにあるのは薄い闇に覆われた車内だけだ。赤いベロアの椅子。揺れる手すりに、鈍く輝く銀の網棚。

「……そこに……そこ……だって誠一郎さんと話をして、私……」

椅子にも車内にも人の気配はない。

「そこに誠一郎さんが……」

そうだ。誠一郎は、どこにもいない。

「かわいそうな小百合」

唐突に車内に笑い声が広がった。それは悪霊の声だ。未練と憎しみだけで構成された彼らは悪意で人を騙す。

彼らは人の心に平気で忍び込んでかき乱す。相手のことなど全てお見通し。聞きたくない言葉を選んで投げかけてくる。

幼い頃から除霊の現場に出るたび、小百合はその声を聞いてきた。そのたびに誠一郎が小百合の耳を両手で覆ってくれた。

誠一郎は口を酸っぱくして小百合に忠告したはずだ。

(除霊師は……悪霊の声を聞いてはいけない)

悪霊は、人を傷つける言葉を知っている。

「小百合、あの男がどこにいるか教えてあげようか」

小百合は声につられて顔を上げた。目の前に広がる闇からは甘い言葉が聞こえてくる。

それは今、一番小百合が知りたい言葉だ。

一度でも悪霊に気を許せば、彼らは相手の心の奥まで踏み荒らす。だから悪霊の言葉を聞いてはいけない。目を合わせてもいけない。触れ合ってもいけない。

「誠一郎は、ここにはいないよ」

(耳を傾けてはいけない……)

それは除霊師にとっての、基本中の基本。

「駄目！」

奥に座る少女が目を見開いて叫ぶ。しかし、その前に黒い影が小百合に触れた。

「どこにもいないよ」

それは一瞬の出来事である。

「だって、もう死んだじゃない」

黒く冷たい手が小百合の奥深く、魂のどこかに、とん。と触れる。

（死？）

悪霊の放つ言葉が小百合の中でゆっくりと響いた。

頭の中が黒に染まり、白に染まり、色が消え、匂いが消えた。

耳に届く音はなく、舌は乾いて味も思い出せない。

（……なに？）

「ここで、死んだじゃない」

その声を一つの言葉として理解するまで、何秒かかっただろうか。

不意に思い出したのは昨年の風景だ。

（……このバスだ）

記憶は相変わらず空虚な黒箱に閉じ込められたまま。

それなのに映像だけが断片的に蘇る。ケンタが何かを叫んだが、耳にも入らない。壊れた水道管のように、記憶だけが一気に溢れ出る。

それは、昨年の夏。記憶が抜け落ちた、誕生日の出来事。

（除霊に、きた。そう。このバス……）

小百合は粘ついた床を撫でる。
赤い椅子。古い車体。西団の名前が刻まれた青いバケツ。
バスの奥には、膝を抱えた蒼白の少女。
(……事故があった)
蘭子の言葉を小百合は思い出す。逃げたのだろう、と彼女は語った。
しかし、除霊師は逃げたのではない。除霊師はここで倒れた。
小百合の目の前で、誠一郎が倒れた。
誠一郎が倒れるのを見たのは初めてのことだった。黒い渦が誠一郎を襲ったのだ。
小百合は顔面蒼白の誠一郎を庇い、そして。
「小百合。思い出した?　幽霊の味」
口の中に溢れたのは苦い味わい。粘土のような味が喉の奥から溢れ出した。
小百合は喉をぐっと押さえる。
しかし、口の端からぼろぼろと、黒い何かがこぼれ落ちた。手のひらで受け止めれば
……それはドロのように、粘つく液体。
それはどんな食べ物よりも重く、冷たく、悲しい味だ。虚しくなるような味だった。
(幽霊の、味)
そうだ。あの日、小百合は悪霊を『食べて』除霊した。

「そんなに驚かなくても、食べたのは二度目でしょう？」

笑いながら黒い影が小百合の体を通り抜けていく。その冷たさに、小百合はぞっと背中を震わせた。

「何を……」

「かわいそうな小百合」

「親にも捨てられて、お父さんにも捨てられて、皆に捨てられて一人ぼっちの……」

「小百合！」

口を手で覆う小百合の前でケンタが吠える。彼の鋭い牙が悪霊の体を引き裂いて、煤ごと地面に叩きつける。

「……悪霊風情が、口出してくるんじゃねえよ」

ケンタの吐く息だけが低く響く。地面に押し付けられた黒い影は笑いながら消えた。

奥に座る少女も顔を歪ませ、泣くのをこらえるように消えていく。

バスから波が引くように影が消えていく。煤の臭いも、未練の音も。残ったものは、ただ夕日だけ。

去年も夕日は赤かったはずだ。

赤く染まるこの床に、誠一郎が倒れていた。

（……誠一郎さん……が）

それは昨年の記憶だった。記憶が渦を巻いて小百合を襲い、体が震える。

記憶は未だ曖昧で、全ては思い出せない。

ただ覚えているのは、このバスの風景だけ。

いつもと同じ、簡単な依頼だったはずだ。バスの奥で震える少女を見つけて、いつものように声をかけた。

しかし、結末はいつも通りではない。

(誠一郎さんが、ここで倒れた)

倒れた誠一郎に悪霊が群がったことを覚えている。だから小百合は必死に悪霊を追い払おうとしたのだ。

(……でも)

しかし小百合は、彼らを追い払う術を持たない。追い払っても迫ってくる悪霊を小百合は掴んだ。押し倒し、足で押さえ、そして。

(食べた)

口の中に悪霊の味が蘇る。悲しさと苦しさと、世界の終わりのような味だった。

(助けようと思って、それで)

色を失っていく誠一郎の瞳に、小百合の姿が映っていた。

口と手を真っ黒にして、まるで獣のように悪霊を飲み込む小百合の姿だ。

（食べた）

……なぜ食べたのか、理由は思い出せない。なぜ忘れていたのか、それも思い出せない。

むき出しになった膝がバスの地面を擦るが、痛みは何も感じない。

口を開いても声が出ない。息さえできず、胸を押さえる。

「小百合！　息をしろ！」

「ケンタ」

ようやく吐き出せたのは、その一言。

「……ケンタ、誠一郎さんは、死んだの？」

「小百合、それは……」

目も頬も乾いたまま。これほど胸が苦しいのに、涙は一滴もこぼれない。

昨年もきっと泣けなかったのだろう。

小百合は幼い頃から、泣くことができない。

「小百合」

ケンタの足が小百合の足に触れる。それは彼が何かをごまかすときの仕草だった。

「まずは帰ろう。家に戻って、一回寝て、落ち着いてから」

「……ごまかさないで。ケンタ、知ってるの、なんで」

ケンタは情けない顔をして、小百合から目をそらした。

「落ち着け。とりあえず……」

「なんで、知ってるの。ねえ、ケンタ。ちゃんと、私の話、聞いてよ！」

ケンタの体を掴むと、きゃん、と彼の口から高い声が響いた。

初めて聞く、犬のような声に小百合は戸惑う。ケンタの首輪を掴んで引き寄せ、彼の顔を覗き込む。

「ケンタ、こんなときにふざけてないで」

しかし、揺すっても怒ってもケンタの口から漏れるのは低い犬の声だけだ。必死に何かを叫ぶその声は、小百合の耳に入っても犬の声のまま。

あれほど犬の真似を嫌う彼が、犬の鳴き声を発している。

彼の左目はまだ金の色だ。しかし、その目が困惑するように垂れ下がる。それは彼が最も嫌った、犬っぽい表情の一つ。

「ケン……タ……？」

「小百合ちゃん！」

そのとき、小百合の肩を誰かの熱い手が掴んだ。

しんしんと、甘い香の匂いがする。それは香木をじっくりと焚き染めた香りだ。

小百合はその香りが好きだった。お香好きなんて変わっている……などと誠一郎にはからかわれたが、多分それはジンクスなのだ。

お香の匂いに包まれているとよく眠れる。除霊がうまくいく。それは昔、招福が小百合にかけたおまじない。

しかしそのおまじないも、今は効力を発揮しない。

「……招福さん」

「蘭子さんからこのバスの除霊を受けたと……聞いて」

振り返ると、思った通りの男がそこにいる……招福だ。

彼は相変わらず皺一つない袈裟姿。扉をこじ開けて入ってきたのだろう。手に泥と血が滲んでいる。

息など乱したこともない彼の口から、荒れた息が溢れていた。汗一つ見せない顔に、汗が一筋流れ、猫っ毛の前髪が額に張り付いている。

前髪に隠れた瞳は、濡れたように光っていた。

「小百合ちゃん、出ましょう。ここはいけません」

「誠一郎さんはここにきたの？」

「……少し休みましょう、それから……そのあとで」

小百合の言葉を聞いて招福は明らかに動揺した。彼は動揺を押し隠すように小百合の手を握る。

「小百合ちゃん、怪我をしてるじゃないですか……」

窓枠で切ったのか、小百合の指先に赤い血が浮かんでいる。手のひらに垂れるその血を小百合は無感情に見つめた。

血は生の証拠だ。小百合は生きている。

「誠一郎さんは死んだの？」

その手で小百合は強く、招福の手を握りしめた。逃さないように強く。

「答えて」

「……亡くなりました」

やがて感情を飲み込んだ招福の声が響いた。彼の両手が静かに合わせられ、すがるような言葉が漏れる……それは静かな、お経の一文。

その声は小百合の上を虚しく過ぎていく。

「昨年、小百合ちゃんの誕生日の夜に」

やがて招福はゆるりと、語り始める。

意識しているのか無意識なのか、説法のような声だ。静かで柔らかい。

それでも小百合はその言葉を理解するのに数秒を要した。

音としては聞こえてくるのに、心が言葉を拒否しようとする。

「除霊は危険な仕事です……除霊師は引き込まれやすい。誠一郎さんのような人でも」

「なんで……」

言い返そうとしたが、小百合の声は言葉にならない。

なんで、なんで、なんで。その言葉だけがぐるぐると渦巻いて、声が出ない。

誠一郎は死んだのだ。招福の言葉が水のように小百合の中に満ちていく。

それは苦い味だった。

「帰ってくるって言ったよ」

「……息を吸って」

「20歳の誕生日に……だから手紙だって……」

「息を」

優しく触れる招福の指先がもどかしい。招福の袖を掴み、小百合は何度も息を吐く。

どろどろとした感情が喉の奥に詰まっている。叫びたいのに動けない。泥の中に埋もれているようだ。

「なんで誠一郎さん、こんなところで……こんな」

死んだのか。その一言は小百合の喉に張り付いたように出てこない。

「僕にも何が起きたのかは……」

僕には何も視えないから。と、招福は悔しそうに呟き、小百合の頭を撫でた。

「最期、病院で少しだけ話ができました。本当に少しだけ……小百合ちゃんには、20歳まで何が起きたか伏せること、これが絶対の条件です。そして眠る小百合ちゃんを家に連れて帰って、全部処理をして」

招福の声が苦しそうに詰まる。

「……僕が平気だったとでも？」

彼に課せられたことは、何事もなかったように振る舞うこと。悲しみも痛みも飲み込むこと。表情にも出さないこと。

招福の手が小百合を抱きしめ震えている。小百合はその冷えきった手を掴む。声を上げて泣きたい、と小百合は痛いくらいに唇を噛みしめた。子供みたいに大声で泣けたらどんなにいいだろう。

「僕はここにあなたが引っ越すのは反対だったんです。いつか、こうなると……」

「ずっと、誠一郎さんが帰ってくるって、私……」

この1年、小百合は誠一郎の死を知らず、ただ無邪気に彼の帰りを待ち続けていた。

小百合の頭の奥底には、見えない黒い箱がある。

昔から不思議だったのだ。小百合は小学校より前の記憶がない。

しかし、記憶喪失は除霊師の常だと、誠一郎はそう言っていた。

悪霊に触れ合うからこそ、除霊師は記憶が曖昧になりやすい……だから昨年、8月16日の記憶が曖昧でも、小百合は気にもしなかった。

「それは誠一郎さんがあなたの記憶を取ってしまったから。見たものも、感じたことも……そのときの味も全て」

「……もっと過去のことも？」

小百合は招福を見る。先程悪霊から聞こえてきた言葉が小百合の中に引っかかっていた。彼らは言ったのだ。

「食べたのは二度目だって」

小百合の言葉を聞いて招福が動揺する。逃げようとする招福の袖を捕まえ、その顔を見つめる。

小百合の言葉に招福の顔色が消えた。

そうだ。彼は昔から表情に出やすい。

「誠一郎さんから口止めされてるの？」

もういないのだから、約束なんて反故《ほご》にしてしまえばいい……言いかけた言葉の鋭さに小百合はその一言を飲み込む。

ただ、彼の名前だけ呼んだ。

「招福さん」

動けないほど強く掴めば、彼は諦めたように口を動かした。

「幽霊を視る、触れる、祓う。これは視えない人からは理解されないことです。たとえ、本物の家族であっても」

招福の声が震え、迷うように数秒だけ口を閉ざす。

「……あなたは本当の……家族から、捨てられました」

「招……」

「そんなあなたを救ったのが、誠一郎さんです」

小百合は、過去を覚えていない。

普通の『両親』を小百合は持たないが、気にしたことは一度もなかった。

誠一郎が小百合におとぎ話を聞かせてくれていたからだ。

「なんで」

「幼い頃、あなたは、妹さんを襲おうとした悪霊を……」

言葉に詰まる招福の腕を痛いほどに握りしめれば、彼は諦めたように呟いた。

「……食べたんです」

小百合は自分の手を見つめる。

この手がうんと小さいときの記憶は、小百合には無い。

「妹……私の妹は」

正義のヒーローの母から生まれた小百合。母は今も悪と戦っている……そして世界で一番強い魔法使いの妹……。

小さな小百合は世界の秘密を守るため、過去の記憶を失った。

誠一郎が小百合に語った物語。もちろん、真実ではないことくらい分かっている。それでも小百合はその優しい嘘を信じていた。

「幽霊が視えたのは……家族の中で小百合ちゃんただ一人」

小百合の中に過去の記憶はない。目を瞑っても、幼い妹の姿など浮かんでもこない。

……しかし、もし妹が目の前で悪霊に襲われていたら？

食べるという行為でそれを救えると知っていたら？

「悪霊を？」

きっと、小百合は食べる。食べて妹を救う。今でもきっとそうだ。

口の中に粘土のような味が蘇った。幼い小百合は『食べて』除霊をしたのである。

「それで親に……捨てられた？」

視える人間と視えない人間の間には深い溝がある。視えない人間は、視える人間を理解できない。

口の中に広がった無機質な味わいに、小百合は胸を押さえる。

「誠一郎さんはあなたの遠縁です。幽霊の視える女の子が施設送りの危機にある。そう聞いて、小百合ちゃんを救った。そして、除霊のいろはを」

「じゃあ、私が覚えてる、あの家は……」

小百合の奥底に眠る、見覚えのある台所の光景。丸いテーブルには椅子が2脚あったはずだ。狭い台所に不釣り合いなくらい大きな冷蔵庫が置いてあったことを覚えている。

誠一郎は小さな小百合の手を引いて椅子に座らせ、料理を作ってくれた。

あの日、おそらく小百合は親から捨てられたのである。

「……記憶を取るくらいなら、力も全部、持っていけばよかったのに」

小百合の横でぺたりと伏せるケンタは何も分からないような顔をして、尻尾を振る。

こんなに犬らしい彼を見るのは初めてのことだ。

……そもそも、彼と会話ができていた事自体が、幻だったのかもしれない。誠一郎の見せた、まやかしだったのかもしれない。

「小百合ちゃん？」

「私、実はね。ケンタと話ができたの……本当だよ」

ケンタの背を撫でても彼の口から小言一つこぼれない。今、誰よりも聞きたい「お嬢さん」の言葉が聞こえない。

これも誠一郎の魔法なら、なんてひどい父なのだろうと小百合は初めて誠一郎を恨んだ。

「……外に出ましょう。ここは良くない」

招福に手を引かれ外に出れば、バスは車庫から30センチほど頭を出していた。

中にいるときは何メートルも進んだ気がしていたが、外の空気は穏やかでバスに乗る前となんら変わらない。

「小百合、なにがあったの……？」

戸惑うように駆け寄ってきた蘭子が、小百合の顔を見て息を呑む。

「ちょっと……顔、真っ青じゃない」

赤い夕日はまもなく建物の向こうに隠れていく頃。空気に夜の匂いが混じりつつある。灯籠を手にしたお年寄りたちは何も気づかない顔で、ゆっくりと歩道を歩いていく。

風景は灰色で、世界はあまりにも無音だ。

この1年の記憶がぐちゃぐちゃに潰され崩れていく、そんな気がする。

「……小百合ちゃん、今日はもう、戻ってください。たまには自分の食べたいものを、食べて……ゆっくりしてください。バスの件は、僕から商店街の人たちに説明を……」

招福の声を小百合は呆然と聞いていた。こんなに震えていても、小百合は泣くことさえできないのである。

「私、何が食べたいんだろう？」

家まで送るという招福の言葉を断って、小百合は暗がりの道を進む。

近くの住宅からは様々な食事の匂いやテレビの音が漏れ、夏の空気に混じり合う。数時間前なら、その匂いにつられて気もそぞろとなったはずだ。しかし今は、何も感じない。

何も心が揺れない、動かない。

世の中は小百合のショックなど気づきもせずに、いつもと同じ日常が繰り返されている。当たり前だ。誠一郎が死んだときだって世界は同じ日常が繰り返されていた。

(一滴も、涙が出ないなんて)

今となれば心まで動かない。まるで固くこわばってしまったようだ。

「小百合」

六叉路の曲がり道。通り過ぎようとした小百合を呼び止める声がある。

赤い着物がふわりと揺れた。欠けた六ツ角地蔵の体の上、浮かぶのは着物さんだ。彼女は相変わらず呑気に、小百合の前を飛ぶ。

「そこの幽霊が小百合に助けを求めてるので声をかけたんだが……何があった?」

彼女が見つめる先に、しょんぼりと肩を落とした女性の幽霊が立っていた。

切なく宙を見上げる幽霊だ。物想う女性の体には、雨が降っているように見えた。

手を伸ばしかけた小百合だが、その手を強く握りしめて下ろす。

「ごめん、今は無理なの」

「小百合?」

「……ごめん」

返答を待たず、小百合は駆け出す。胸が締め付けられるようだ。息が詰まって、苦しい。

部屋に駆け込むと、湿った布団に沈み込む。朝の匂いがそこらに残っている。しかし小百合はもう、今朝の小百合ではない。

（……もし、本当に死んだのなら）

窓の外には多くの幽霊が歩いている。熱がこもった布団をかぶったまま、小百合は彼らを呆然と見つめた。

（なんで……誠一郎さん、会いに来てくれないの？）

息苦しいほどの蒸し暑さなのに、背筋が凍る。足も唇も震え鼓動ばかり速くなる。

「これが、怖いってことなんだ」

震える体を抱きしめ、小百合は初めてその感情の名前を知った。

第六話　私は「食べて」除霊する

嫌なことのあった日に見る夢は、最悪だ。

そんな悪夢明けに聞く雨の音も、最悪だ。


「……小百合、おはよう」

落ち着いた声が寝起きの耳に滑り込む。

「……」

しかし小百合は返事もできず、湿気った枕に顔を押し付けたまま首を振る。まるで体が崩れて溶けてしまったようだ。

（……重い）

言葉にならない声を発して小百合は手を伸ばす。

指先に触れるのは服、お菓子の空袋、読みかけの雑誌。

顔を上げれば、いつもと変わらない風景が見える。

「ケンタ……」

すぐに片付けるから。そう言いかけた言葉を飲み込み、小百合は首を振る。

……もうケンタに小百合の言葉は届かない。

(頭、痛い、全部どろどろになったみたい)

目を閉じるたび、誠一郎が死ぬ悪夢を見て飛び起きた。そして全て夢だと安堵した。

そして数秒後、夢ではなく現実だと思い知らされるのだ。

(溶けちゃえばいいのに)

誠一郎が小百合のところに戻ってくることは二度とない、それが現実だ。

「小百合。ひどい顔だ。水を使ってこい」

こめかみを押さえて呻くと、また透き通るような声が聞こえた。

すぐ目の前に赤い着物の裾と白い足の先が見える。

長く黒く冷たい髪が、小百合の頰を撫でる。

その髪を目で追って、小百合は目を細めた。

「……着物さん？　なんで……」

小百合の真上、着物さんが浮いているのだ。彼女は六ツ角地蔵の上がお気に入り。めったに他の場所には現れない。

薄曇りの部屋の中、彼女は威風堂々と浮かんでいた。

「黒い獣が珍しくしおらしいのでな。ちょっとお邪魔した」

「獣……」

「小百合がずっと獣の名前を呼んでいたせいで、この獣は一歩も動けずそこにいた」

目線を下げれば、小百合の足元でケンタが丸くなっていた。耳はぺたりと伏せられ、目は情けないほどに垂れている。しかしその口から漏れるのは、わん、と小さな声だけだ。

彼の背中を撫でると、ケンタは少しだけ尾を振った。

「珍しく仕事を投げ出したようだな。難しい仕事か」

小百合を見つめ、彼女は不思議そうに眉を寄せる。

「嫌な夢を見たのか」

「……皆に置いていかれる夢」

昨夜繰り返し夢を見た。

まず、誠一郎が小百合の前で死ぬ夢だ。続いて見るのは、ケンタや招福が小百合のもとから去っていく夢だ。

小百合が叫んでも誰も振り返らない。床に倒れた誠一郎は動きもしない。小百合はたった一人で暗闇に取り残され……叫んで飛び起きる、その繰り返し。

「小百合。私はここにいるし、獣もそこにいる」

彼女が微笑んでも、小百合は笑い返すことさえできない。

「小百合。眠りすぎて疲れてるだけだ。なにせ丸一日眠っていたのだからな」

「じゃあもう、13日なんだ」

外を見てみれば、そこは雨の空。糸のような細い雨が灰色の空から降り注いでいる。緞帳みたいに垂れ下がった灰色の雲から時刻は読めない。

ただ、まだ夜ではない。迎え火のイベントはこれから始まるのだろう。

「せっかくの迎え火なのに雨なの、最悪。みんながっかりしちゃうね」

小百合は枕元に転がるスマホに手を伸ばすが、画面に浮かんだのは充電切れのマークだ。

「雨くらいでこの町の連中が挫けるものか。昔からこの町は雨に縁があってな。それは昔、波岸にいた古い除霊師の仕業なんだが……そうだ、せっかく獣の邪魔も入らないんだ。前からお前が聞きたがっていたこの町の昔話をしてやろうか。それとも波岸に1000年伝わる伝統料理の話でも」

明るい着物さんの声だけが頭の上を通り過ぎていく。しかし小百合はその声に耳を傾ける余裕もないまま、浅い呼吸を繰り返す。

「……ごめん。もうちょっと眠っていい？」

「何があった、小百合」

着物さんが気遣うように、小百合の枕元にそっと降り立つ。いつもは彼女が近づくだけで吠えるケンタだが、今は静かに彼女を見つめている。

着物さんの手が小百合の頬を優しく撫でた。

「言ってみろ、小百合」

「バスに……幽霊が。まだ、救える子。……でも……あのね」

不明瞭な言葉を聞いても、着物さんは呆れもしない。ただ耳を傾けてくれる。

「それで……誠一郎さん。死……もう」

死という言葉は鋭い刃だ。それを口にすると、じわじわと心のどこかが傷ついていく。

小百合はゆっくりと起き上がり、両腕で膝を抱える。

いつ転んでも平気なように、小百合の髪はいつでも短い。しかし今はその短さが切ない。

(着物さんくらい長ければ、この情けない顔を隠すことができるのに)

冷たい膝の内側で息を吸い込み、小百合はようやく言葉を放つ。

「去年……誠一郎さん、死んでた。悪霊に取り殺されて……でね。悪霊からそれを聞いたの。除霊師として最悪じゃない？」

笑い話に変えようとしたが、その声は途中で震えて喉の奥に張り付く。

「最悪だよね」

「そうか」

彼女は小百合の頬に手をそっと置いた。

「悲しいな」

泣けない小百合の両目はいつも乾いている。着物さんの冷たい指が小百合の頬を優しく撫でた。

「……悲しいことだ」

「誠一郎さんがいなくなって、ケンタの声も聞こえなくなって、私ね。一人ぼっちになっちゃった」

「誰が一人ぼっちなものか。皆がそばにいる」

「……誰もいないよ。もう、誰も……」

「小百合、小百合。鬼さんこちらだ、こっちを見ろ」

着物さんが明るく笑って、小百合の頬を突く。

「小百合には貸しがあったたな」

「貸し？」

「大家の婆さんから姿を隠してやった。逃げる幽霊を足止めしてやったこともある。もう何十個もの貸しだ。ちょうどいい。今、一つだけ返してもらおうか」

そして彼女は蛇のように目を細めて微笑んだ。

「今回の仕事、最後までやり遂げる。どうだ？」

「……でも私にはなにも」

力がない。と言いかけて小百合は口を閉ざす。

どれほど自分が無力か小百合は思い知ったのだ。小百合には力がない。

小百合の除霊は、幽霊との対話で成り立つ。悪霊に成りかけた幽霊とは会話ができない。

それどころか悪霊に翻弄されてこのザマだ。

どんな幽霊だって救ってみせる……そんな風に考えていた自分は傲慢だ。

「何もできないから」

恥ずかしくなり、小百合は顔をそらした。

「なあ小百合。なぜ悪霊からは煤の臭いがすると思う？　あいつらは体を焦がされる臭いから逃げ出せない」

着物さんの手は冷たいが、悪霊のそれとはまるで異なる。

小百合は着物さんを見上げた。時代錯誤な着物姿に、長く垂らした日本人形みたいな黒い髪。彼女はずっとずっと昔の幽霊なのだろう。出会ったときから飄々として、いつも冗談ばかりを言う。掴みどころのない幽霊だった。

そんな彼女が初めて真剣な目をして、小百合を見つめている。

「悪霊は命を羨む。命にすがって命を妬んで人に害をなす。お前の師を殺したのは、そういった存在だ。憐れむな。憎んでいい……恨んでも良い。良いんだ」

細い指が小百合の頬を掴む。子供にするように、優しく撫でる。

「……ただ、そこにいたのだろう。まだ救える魂が。それは小百合だけが救える魂だ」

小百合が思い出したのは、バスの奥に座り込む少女の姿だ。やせ細った膝を抱え、汚れた姿で彼女は泣いていた。

着物さんは優しく微笑んで、小百合に耳打ちをする。

「昨日までの小百合なら、どうしていた？」

「……救った」

「それが答えだよ」

着物さんの冷たい手が、小百合の魂の深いところをそっと押した。


「葛城さん！」

外はまだ、柔らかい霧雨が降っている。

傘も差さずに外に飛び出した小百合を捕まえたのは新川だった。

「バスの仕事、あんたも手伝うって聞いたけど……どうなってんの。今日迎え火だよ。例のバスがまた動き出したとかで、あんたのところのハンサムな坊さんが何とかするなんて言って向かっていったけど……」

彼女はまくし立てながら、眉を寄せた。そして心配そうに小百合に傘を差しかける。

「体調が悪いのかい？……顔、真っ青だけど……」

ふと見れば、玄関の扉に小さなビニール袋がかかっていた。

中にはいくつかのお菓子と白いメモ用紙。赤い字で蘭子の名前が刻まれている。小百合はその袋を無意識に掴んだまま、新川の体を押しのけた。

「葛城さん?」

「もう、イベントの時間ですか?」

「いや……まだあと1時間かそこらはあるけど……大丈夫かい?」

「はい。ちゃんとしますから」

新川の言葉を遮って歩き始めるとケンタが小百合の隣にぴたりと寄り添う。

「ケンタ。もう何も聞こえてないんでしょう? いいよ、もう。私は一人で行けるから」

首輪からリードを外してもケンタは小百合にずっと寄り添ったまま。

本当に犬に戻ってしまったようだ。忠犬のような顔で、彼は小百合のそばを離れない。

「ケンタと話せたこと、私の幻覚だったのかな」

膝を落とし彼の顔をじっと見つめる。長く伸びた口。大きな耳、柔らかい毛艶。特徴的な左目は今でも金色に輝いている。

「ケンタがいてくれたから頑張れた。ケンタが背中を守ってくれたから、安心できたし、本当はね、小言だって嬉しかったんだ」

話しかけても彼は尻尾を振るだけ。口からは犬の鳴き声しか聞こえない。

「本当だよ。本当に、私は……」

去年の8月から、小百合はずっと孤独だった。

「ケンタに助けてもらってた」

ケンタと出会って、孤独は小百合から遠ざかった。

「……早く言えば良かった」

昨日までケンタは小百合の名前を呼んでいた。並んで食事をし、ときには喧嘩もした。この七ヶ月、どれだけそれに救われたのか。小百合は今更悔やみ、唇を噛む。

「一緒に来てもいいけど……無理はしないでね」

力なく顔を上げれば、波岸商店街の看板が雨に濡れていた。

そんな看板の下、お年寄りたちが不安そうな顔をして小さく固まっている。手には蝋燭、体には揃いのアロハシャツ。観光客らしい人たちの姿もある。

今から彼らは墓地に向かい、そこで蝋燭に火を灯すのだ。灯りを手に、彼らは歌って踊って練り歩き、帰ってきた魂を連れて家に戻る。

そして16日には墓へ魂を連れ帰り、川で灯篭を流す。それが波岸商店街の盆祭りだ。迎え火に惹かれて戻ってきた幽霊たちは、今日から数日の間、家族のもとで過ごす。走り回る子供の幽霊、町を懐かしそうに見つめるお婆さんの幽霊、みんな嬉しそうだ。

(いいなって、思ったんだ。最初……この町に来たとき)

小百合はその風景を見つめて目を細める。

幽霊が人々と混じって過ごす波岸町は穏やかかで美しい。

バスが動いて事故でも起きれば、みんなどんな悲しい気持ちになるだろう。

「……行こう」

小百合は傘も差さず、枯れたような道を歩く。灰色のブロック塀に、壊れたブランコの揺れる公園。青いカバーがかけられた廃屋、折れた街路樹。

地面に広がる水たまりには、そんな世界が反転して映っていた。

水たまりに飛び込めば違う世界に行ける。と、小百合は幼い頃そんなことを信じていた。

誠一郎は笑って「きっと違う世界に行けるよ」などと言ったものだ。

しかし現実はそう甘くない。水たまりに足を突っ込んでも濡れるだけ。誠一郎の生きている世界には戻れない。

「……バカみたい」

六叉路を東へ。しばらく進めば、見覚えのある風景にたどり着く。旧車庫は、今は雨の中。大型のトラックが一台、バスの前に置かれている。

古びたボンネットバスの周りには、黄色いテープと物々しい赤い三角コーン。厳戒態勢を敷かれた場所に、黒い袈裟姿を見つけて小百合は掠れた声で呟く。

「……招福さん」

「小百合ちゃん」

安堵するような顔で招福は小百合に傘を差し出した。小百合はその顔を見ないように俯く。靴に雨の水が染み込んで最悪の心地だ。

「昨日は投げ出してごめんね、招福さん。私、ちゃんとするから」

小百合は立ちふさがる招福の体をぐっと押す。

見上げれば、バスは黒い靄に包まれていた。窓ガラスにはいくつもの手のひらが視えた。擦り付けるように、手が何度も窓を叩く。苦しんでもがいて憎んで恨む。悪霊の巣窟となったその中に、『彼女』はまだいるのだろう。

招福は小百合の腕を掴んだまま、首を振る。

「もう、大丈夫です。今日はバスをトラックで止めて、近日中に別の除霊師が来ますから、安心して。小百合ちゃんはこの件にもう関わるべきではない」

招福は小百合を止めるためにここに待機していたのだ。そんな生真面目なところは昔から変わらない。そして小百合を甘やかす癖も昔から変わらない。

「小百合ちゃんの除霊術は、悪霊相手にはリスクが高すぎる……誠一郎さんはそう言っていました。だからここは、通せない」

「これは、私たち〝親子〟の仕事」

小百合は招福を見つめる。去年何があったのか、詳細までは覚えていない。

ただこれが仕事であったなら、誠一郎は幽霊と真摯に向かい合ったはずだ。それが彼の除霊スタイルである。

「……詳しいことは思い出せないけど……去年、誠一郎さんと私はバスの子を救うためにここに来たんだと思う。誠一郎さんは斃《たお》れたけど、私はまだ生きていて、ここにいる」

雨はヌルヌルと、粘つくように降る。盆の時期に雨が降るのは、遺された人が死者を思って泣くからである。

この雨の中、小百合の涙もあるのだろうかと、乾いた目を固く瞑って小百合は思う。

「誠一郎さんならやったでしょう？　自分の仕事を」

招福相手に誠一郎の名前を出すのはずるい行為だ。しかし、小百合はわざとその名を使った。

ケンタが小百合のスカートを噛んで引く。それを無視して進もうとすれば、招福の白い手が小さな守り袋を取り出した。

「……あのときも、今も、僕は何もできない」

いつもは手品みたいに守り袋を取り出す招福だというのに、今はただ震えながら守り袋を握りしめ、小百合に押し付ける。

袋の中に小さな固まりを見つけ、小百合はそれを取り出した。いつもの小さな守り袋。しかし入っていたのはいつもの香木ではない。見覚えのない小さな鍵だった。

「……本当は誕生日の日にお伝えするつもりだったのですが」

招福はメモ帳にペンを走らせた。はたはたと水の音が聞こえる。それは招福の涙の音だ。静かに涙を流す招福を小百合は羨ましく思う。

「誠一郎さんに頼まれていました。小百合ちゃんが20歳の誕生日を迎えるとき、ここを教えるようにと」

彼が差し出したのは一枚の地図。そこに招福は目的地のマークを書き込んだ。それは小百合の家からはるか西方。複雑な細道が絡まった、袋小路の奥の奥。

「ここは？」

「行けば分かります。僕には……何も視えなかったから」

招福は小百合の手のひらをじっと見つめた。そこにはメモと守り袋に入った小さな鍵。

「僕は何も視えないんです。あなたを苦しめるものも、誠一郎さんを苦しめたものも」

彼は小百合の肩をそっと抱きしめ囁いた。

「絶対に無理をしないで。誠一郎さんの思いを無駄にしないでください。あなたは誠一郎さんの娘なのだから」

雨はますます強くなり、二人の体は全身が重いくらいに濡れている。招福に抱きしめられた場所は温かいはずなのに、熱が伝わらない……小百合の体は冷えきっていた。

「あなたはお義父《とう》さんを亡くしました。でもね、僕だって師を亡くした。この上、師の娘を亡くすなんて悲しい思いをさせないで」

甘い香りをまとった招福を、小百合は無感動に見つめる。

自分は誠一郎が帰ってくるまでの代理。小百合はそんな気持ちで除霊を行ってきた。

しかしもう、誠一郎は帰ってこないのだ。

「……うん、大丈夫。私、これを最後の仕事にする。だから……行ってくるね」

もう、帰ってこないのだ。


駐車場からはみ出すように止められたバスは、息を潜めたように動かない。しかし小百合が近づくと誘い込むように扉が開く。

バスに入り込めば、すぐさま悪霊が小百合を取り巻いた。

まるで黒い雲の中を進むようだ。墨みたいな影は誠一郎の顔になる。さらに妹らしい小さな影、母親らしい女の影。幽霊を食べる自分の姿。

ケンタは激しく吠えるが、小百合の心は音一つ立てなかった。

(全然似てない……なんで誠一郎さんだなんて思ったんだろう)

小百合を掴もうとする手を払えば、手の甲に影だけが染みのように残る。

この影が蓄積されれば、やがて死に至るのだろう。きっと誠一郎はそうして命を失った。

除霊師の死について小百合は噂で聞いたことがある。死に触れすぎた除霊師は、悪意と悲しみに押し潰されて溺れるように死ぬのである。

誠一郎は苦しかったのだろうか。悔しかったのだろうか。

悲しいのはもう会えないことだ。悔しいのは彼の最期を覚えていないことだ。

「残念。もう、全部知っちゃったから。何を見せられても平気」

体に振動が伝わり、小百合は顔を上げた。

（動いた）

気づけば、バスが動き出している。運転席には気配もない。ただ、音をたててバスは前に進もうとしている。

しかし動きは不安定だ。右に、左に揺れる。子供がバスのおもちゃを手で掴んで揺らしているような、そんな動き方。

バスの前に止められたトラックにぶつかっているのか、ギシギシと嫌な音が響く。窓ガラスが割れて、破片と共に雨が車内に吹き込んだ。

「どいて。その子に話があるの。無駄なことはやめて」

小百合の目的はバスの一番奥。長いシートの隅。そこに例の少女が座っている。

ケンタが腰を低くして唸る。そんなケンタを押さえて小百合は彼女に近づく。

少女ははじめて小百合に気づいたように、はっと顔を上げた。

「バスを止めて」

小百合は彼女の隣に座って、顔を覗き込む。やはりそれはまだ幼い少女だ。

その体にはべっとりと悪霊の怨念が張り付いている。じわじわと、体が腐り落ちるように悪霊に引きずられようとしている。

目に浮かぶのは絶望だ。両方の目から黒い涙がこぼれ落ちている。

妙に腹立たしくなり、小百合は彼女にもう一歩、近づく。

「どこに行きたいの？　連れて行ってあげる。これ以上、バスを巻き込むのはやめて」

小百合だって悲しいのだ。涙を流して、叫んで、子供みたいに泣き喚きたいのだ。

「……私のこと、何も分からないくせに」

怯えるように少女が小さく口を開いた。彼女が震えるとバスも震える。車体が壁をこする音がして車内が激しく揺れる。悪霊だけが面白がるように奇声を発する。

「分かってないくせに……なんでここに来るの？　放っておいて！」

彼女がむずがるごとにバスは揺れ、嫌な音をたてて目の前のトラックを押し出そうとしている。揺れるバスの中、壊れたバケツが右に左に転がっていく。

バスとトラック、どちらに耐久性があるのかは分からない。いずれにせよ、バスは壊れるだろう。修司が思い出と言った、お年寄りたちが宝物にしていた、このバスが。

「分かんないくせに、近づかないで」

……何かが壊れるのは、もう嫌だった。

「そっか」

小百合は彼女の隣に座り、その体にそっと触れた。

冷たく硬い体だ。未練は体を頑なにする。

このまま放っておけば、彼女もいずれ悪霊と成ってしまうに違いない。

どうせ、救われない魂だ。どうせ、救えない魂だ。

「……じゃあ。食べてあげようか」

小百合は彼女の耳に囁いた。彼女の髪から、肌から、煤の臭いがする。近づくだけでべっとりと、粘つくような煤がつく。

「私、バスさえ止まればそれでいいから」

小百合は目を細めて彼女を見つめて手を伸ばす。何も考えられないのだ。世界は灰色で息苦しく、全てに靄がかかっている。

ただ、全てが面倒くさかった。

「バス止める気がないなら」

早く、家に戻って眠ってしまいたかった。

泥のように何日も、眠ってしまいたかった。

(悪霊は食べてしまえばいい)

小百合はゆっくりと、口を開く。

簡単なことだ。食事と同じだ。噛みしめればいい。歯で噛み砕いて、飲み込めばいい。

……昔、そうしていたのだから。

「食べて除霊してあげる」

ぎゃん、とケンタが吠え、小百合の足に噛み付く。大きな体に引きずられ、小百合は情けなく床に倒れ伏す。

ケンタの足が小百合の体を押さえ、尾が小百合の足を打ち付けた。

「ケンタ！　邪魔を」

邪魔をしないでと言いかけた小百合の声が喉の奥で詰まる。

急に、空気が変わったのだ。

「何……？」

小百合はケンタに押さえつけられ、濡れた床に倒れたまま。

バスの中には相変わらず悪霊が飛び回っている。悲鳴も、狂ったような笑い声も。

そして少女も変わらず、そこにいる。

バスもまだ動いている。風景は何一つ変わらない。

それなのに、空気が急に軽くなった。

心地よい風が抜け、濁った香りが払われ……そして光があった。

小百合はぽかんと口を開き、顔を上げる。

「え？　なんで」

もう壊れているはずのバスの電灯が音をたてて、灯りはじめる。

「なんで、灯り……」

手前から奥にかけて、まるで拍手が湧き上がるように。パチパチパチ。そんな軽い音を立てて、一気に光が溢れ出す。

白い布が空から降ってきたようだ。グレーだったはずの世界が白に染まる。

絨毯が広がるように黒い床が真っ白に塗り替わる。

「なに……なんで」

あまりの眩しさに小百合は目を細める。

……そこに、緩やかな音が響き渡った。

「音……楽？」

それは、どこかで聞いたことのあるクラシックだ。

緩やかに、のびやかに、名前も知らないその音楽は場違いなほど騒々しく、バカバカしいほど明るく、一斉にバスの中に響き渡った。

悪霊たちが怯えるように動きを止め、慌てて四方の影に逃げ隠れる。

「何が……起きて……」

「……姉ちゃん。最高の演奏を聞かせてやると、そう約束しただろう？」

声に驚いて顔を上げれば、空中に燕尾服の男が浮かんでいた。

彼は小百合を見つめ、片目を閉じてみせる。

「こんな渋い恰好だと誰か分かんねえか？　いつかは俺のバカ息子が世話になったな」

白い髪に派手な顔立ち。彼は息を吸い込み、手にしたタクトを大げさに振った。堂々と、明るく。すると燕尾服の裾が、まるで羽根のように大きく動く。

「盆の帰省のついでだ。めったに拝めない最高の楽団を連れてきたぜ」

彼が手を動かすだけでどこからともなく音が響いた。

伸びやかなクラリネット。

舞い踊るようなヴァイオリン。

そして、荒々しく響くピアノの音。

そんな音に押し流されるように、黒い影が一斉に退く。

……それと同時に、バスの動きが止まった。

「こちとら、バスの仕事を40年続けてきてんだ。悪霊ごときが馬鹿にするんじゃねえ」

バスが揺れ、小百合は椅子の端でしたたか頭を打つ。驚いて顔を上げれば、運転席のすぐそばに、ゴマ塩頭の修司が立っている。難しい顔をしたマスターも立っている。

それだけではない、甘いもの好きのお婆さん、オムライスを愛したピアノの先生。

かつて小百合が手を伸ばした人々がそこにいる。

「……なんで」

彼らを見ただけで乾ききった小百合の口の中に、様々な味が浮かんでくる。カレーうどんに、オムライスに……懐かしい味。

「なんで」

味は記憶だ。

「……みんな、ここに」

思い出と共に、味が舌の上に蘇る。

思い出すのは嬉しそうな声だ。幸せそうな吐息だ……『ありがとう』の声だ。

小百合は手すりを掴み立ち上がろうとするが、腰が抜けたように動けない。

「おい。顔が真っ青だぞ。なんだ、辛いことでもあったのか」

修司が焦ったように小百合の顔を覗き込む。

「盆に一人なんじゃねえかって、心配して来てみりゃこの騒ぎだ……どうしたんだ。おい、ガキのくせに無理するもんじゃねえ」

それだけで、小百合の意識が覚醒していく。視界がクリアになっていく。

彼らと共に食べた食事の味が、小百合の記憶を鮮明なものにする。

「かおりほどじゃないですが、全く。あなたも無理ばかりする」

マスターの冷たい手が小百合の肩に触れた。

「大丈夫ですか、小百合さん」

未練などなくなったはずの彼らがここにいる。

「私のために?」

……小百合を救うためだけに、ここにいる。

小百合の背後で低い悲鳴が響く。振り返ればケンタが黒い影を噛みちぎっていた。悪霊の体を掴み、鋭い牙が影を噛みちぎる。吐き出した黒い影は、煤になって地面に散る。

「ケンタ!」

ケンタは再び黒い影に飛びかかり、小百合をちらりと見る。言葉は無いが、声が聞こえた気がする。

大丈夫かと、いつもの声が聞こえた気がする。

「私……」

小百合は何度も転びながら立ち上がり、自分の恰好を見た。

だらしのない、まるで寝間着のような服装だ。上も下もちぐはぐでみっともない。

(……なんて、恰好)

仕事に行くときくらい、ちゃんとしろ。そんなケンタの小言を思い出す。

小百合はようやく目が覚めたように息を大きく吸い込んだ。

立ち上がると、手からビニール袋が落ちた。それは蘭子の置き土産だ。ごめん。と書かれた走り書きのメモの上に、チョコレートバーが一本落ちる。

無我夢中で小百合はそれを掴み、外装を引きちぎってかぶりついた……歯に染みるくらいの甘い味が口の中に広がる。喉の奥が縮み、熱が体中に染み渡っていく。

(しっかりしろ。しっかりしろ……)

ねっとりとしたチョコレートバーを飲み込むと、まるで昨日から止まったままだった時間が急に動き始めたようだ。心臓が跳ねて大きく音を立てる。

顔を上げれば、世界に色が蘇った。

先程までは悪霊の声しか聞こえなかった耳に、今では雨の音が聞こえる。音楽も鮮明に聞こえる。

そして、自分の呼吸の音が聞こえる。

飛び回る悪霊の影も、そこを走り回るケンタの姿も。今になって全てが鮮明に目に映り込む。

悪霊たちは狂ったように小百合に幻覚を見せる。誠一郎、かつてのクラスメイト、蘭子に招福。彼らは小百合を責めるような汚い言葉を吐きかけ、睨み、怒鳴る。しかし何一つ、小百合には響かない。聞こえない。

「……これは偽物」

除霊師は因果な商売だ。と誠一郎はよく言っていた。視えない人間からは理解されず、悪霊からは恨まれる。

それでも誠一郎は幽霊を助け続けた。

彼の除霊方法は幽霊の話を聞くことだ。聞いて語らせ、そして送る。

(誠一郎さんは、誠一郎さんなら。こんなとき、どうしたんだろう、どうやって……どうやって切り抜けた?)

小百合は震える足で一歩、進む。

(誠一郎さん……なら?)

冷えきった手を小百合はじっと見つめる。記憶は抜け落ちているが、たしかに小百合はこの体で生きてきた。この体に幽霊を迎え入れてきた。

(違う。誠一郎さんのやり方じゃない……私だ)

修司が小百合を見つめている。その視線を受けて小百合の背が、自然に伸びた。

(……私なら、どうする?)

歩き始めれば、踏みしめる足に力がこもった。

「ここにいるのは私なんだ」

一歩また一歩。小百合の歩調と音楽の速度が不思議と揃う……激しく、速く、力強く。

「私は、未練を、食べて、除霊をするんだ」

小百合はバスの奥にたどり着くと、奥の座席で震える少女に手を伸ばした。

「まずは、あなたの名前を教えて」

「……嫌。私のこと、なにも知らないくせに」

「そうだよ、知らないの」

思い出したのは小百合が見た悪夢。彼女は小百合に助けを求め続けていた。

「助けてって言ってたでしょう？　夢の中で」

なぜ、あのときに気づけなかったのか。と、小百合は悔しく思う。

あれが彼女の精一杯の、救援信号。

べっとりと黒い影をまとう彼女は苦しんでいる。悲しみの中、もがいている。

「だからお話をするの。私の中で、ゆっくり話をしよう……聞かせて、あなたの声」

そうだ。それは誠一郎が小百合に残してくれた、世界で一番優しい除霊の方法。

小百合は彼女の前に膝をつき、そっと手を握りしめる。小さくて骨張ったその腕を。

「ケンタ、言葉が聞こえなくても、今のは分かるよ」

ケンタの鼻が小百合の体を激しく突き、爪が小百合の足を掻く。

その懐かしい感触に小百合は思わず吹き出した。

「……お嬢さん、馬鹿なことはやめろ。そう言うんでしょ？」

ケンタの声音を真似て小百合は笑う。そして止めるケンタに構わず少女の体を掴み、無理やり抱きしめた。冷たく痛く硬い感触が、ゆっくりと小百合の中に溶け込んでいく。

硬くて刺々しい飴玉を飲み込むように、小百合は喉を鳴らした。体の中心に、悲しいものが静かに沈んでいくのが分かる。

悲鳴と泣き声と恨みの声と呻き声。その中に、チカコ。と小さな声が響く。

「よろしくね、チカコさん」

ケンタが何度も尾を叩きつけるのを見て、小百合はにやりと笑った。

なんて馬鹿なことをするんだ。非常識だ。お嬢さんは俺の言うことを一つも聞かない……そんな声が聞こえた気がする。

「やっぱり、ケンタは、ケンタだね」

不機嫌そうなケンタの鼻先を掴んで、小百合は笑う。その鼻先に軽くキスをすると、彼はまるで硬直するように尻もちをついた。

笑いながらケンタの背を叩いて小百合はバスの窓を見る……割れた窓の向こうに見えるのは宵の色。雨は止み、空は透き通っている。

「雨が……止んだ」

その透き通った夜の色に、ちらちらと灯りが混じっている。この道の向こうに墓地があるのだ。

迎え火の祭りが始まろうとしている。

窓の外には黒い影が飛び回っている。盆は幽霊たちのお祭りだ。良い幽霊も悪霊も、みんな揃って地上を乱す。

悪霊たちは、未練を残す幽霊を誘うように飛び回る。寂しい幽霊はそれに釣られて悪霊と成る。

小百合は震える胸をぐっと抑えて立ち上がる。小百合に迫る黒い影をケンタが捕まえ、地面に叩きつける音が響いた。

「ケンタ、行ってくるね。絶対に振り返らないから」

それはケンタを信用しているからだ。

そして、ケンタもまた小百合が振り返らないと信頼してくれているからだ。

「どんなときでも私は前を向いて自分の仕事を遂行すること！」

目の前を飛び回る黒い影を手で払い除け、小百合はドアをこじ開けた。

辛いときには胸を張ってしゃんと立ちなお嬢さん。そんなケンタの言葉が聞こえた気がして、小百合は丸まりかけた背を正し胸を張る。

「……今になってあの声、聞きたいなんて馬鹿だなあ」

「葛城さん!?」

バスのステップを飛び降りると、新川と瑞野が小百合の手を掴んだ。気がつけば辺りは夜の闇が深い。転けそうになる小百合の体を、新川の力強い腕が抱きしめる。

「怪我なんてしてないだろうね」

振り返ればボンネットバスは足止め用のトラックを完全に押しのけていた。塗装は剥げ落ち、ライトは壊れて地面に散っている。

そしてタイヤは斜めに傾き、バスはなんとか止まっている……それを見て小百合の背に冷たい汗が流れた。

「様子を見に来たらバスが動いてるし、トラックを今にもはねのけそうで……グラグラ揺れるし、すごい音でタイヤから空気が抜けるし……」

瑞野が泣きそうな声で小百合を抱きしめる。

「騒ぎになる前に止まってよかったけど、本当に大丈夫だろうね」

目の前の歩道では、ちょうど、迎え火が始まったところだ。宵闇の薄暗さが騒ぎをうまく隠したらしい。

派手なアロハシャツをまとったお年寄りたちの行列は、騒ぎにも気づかず浮かれるように進んでいた。

その後ろには家族を見つけて嬉しそうに笑う幽霊、手招きする幽霊。彼岸と此岸が交じり合い、まるで帰省ラッシュのような賑やかさ。

しかし小百合の中のチカコは動かない……迎えに来る家族がいないのだ。

(……この子、一人ぼっちの幽霊だ)

胸の奥が締め付けられるように痛む。それはじんわりと響く鈍痛だ。

「本当に、大丈夫かい、葛城さん……」

「……大家さん。教えてください。昔、このバスに何があったんですか？　バスか……バスに関わること。バスが廃棄になった理由、なんでもいいんです……あとは誰か死んだとか……女の子、小さな女の子です」

言いながら小百合ははたと、気がつく。車庫の奥、積み上げられているのはバスだけではない。メリーゴーラウンド、観覧車。みんな、遊園地の思い出の品々。なぜ町の人たちはこれを大事にしていたのだろう。なぜ、捨ててしまわなかったのか。

「遊園地って……なんで廃園になったんですか？」

新川は小百合の言葉を聞いて小さく息を呑む。

「そりゃ、なんというか……」

しばらく言葉に詰まっていた新川だが、やがて覚悟を決めたように「15年前の話だよ」と口を開いた。

「町に遊園地があったことは知ってるだろう？　あそこが閉園になったのは……」

新川が語るのは15年前の話。遊園地という言葉にチカコが反応した。小百合の中に広がったのは、賑やかなメリーゴーラウンドの音、観覧車から見る青い空、子供の笑い声。

そして、幼いチカコを見守る優しい男女の笑顔。

「あるときからね、子供が置き去りになる事件が多発したんだ。なぜ？　そんなのこっちが聞きたいね。磁場が悪いとか呪われてるとか色々言われたが、あの橋の上、バス停の前に何人かの子供が置き去りになった」

ぞくりと、小百合の背が震える。蘭子の言葉を思い出したのだ。

「家族が戻ってくることもあったが、半分は戻ってこなかった。戻らないときはもちろん子供を保護したさ。変な噂も流れたせいで、遊園地は閉園。バス停のあった橋には戻り橋なんて嫌な名前がつけられた」

でも誰も死んじゃいない。と、新川は訝しげに呟く。

「見張りもしてたからね、怪我一つさせちゃいない。ああ、そうそう子供があんまりにかわいそうだからって、橋のところにお地蔵さん作ってね」

新川が記憶の糸を手繰り寄せるように、ぽんと手を打つ。

「当時は灯篭流しなんてしてなかったんだが、それを始めたのもこの頃からだ。遊園地のパレードみたいだろうって……子供たちの無事を祈って、西団さんのアイデアで」

西団。その名前が小百合の中に染み渡っていく。

この1年間、聞き続けた言葉だ。バスの中でも見た。言葉でも聞いた。いつもその名前からは、温かさが滲み出している。

……この瞬間も。

「お地蔵さん、ですね」

ありがとう。そう言って背を向けようとする小百合の手を、瑞野が掴んだ。

「葛城さん。お地蔵さんに行くなら、これを持っていって」

彼女が小百合の手の中に押し込んだのは紙袋に包まれた小さな塊である。

「これは？」

「西団さんの娘さん夫婦がね、隣町で和菓子屋を始めたのよ。徹くんが好物だったから、いくつか買ってきたの。これ、供えてあげて」

紙袋を覗き込めば、底にあるのは真っ白で綺麗な丸い塊。ぷんと香るのは、甘く優しい香り。

美味しいと散々聞かされた、西団の酒饅頭。

「……このバスもその地蔵も、西団さんが大事にしてたんだ。毎年地蔵には饅頭を供えてたんだが、でも今じゃ誰も地蔵なんざ参りやしない」

新川と瑞野はふと、歩道を見た。

ゆっくりと迎え火の炎が過ぎていく。二人には視えていないだろうが、炎の光に照らされて影が揺れている。それは幽霊の影だ。

「こんな町じゃ、忘れていくことが多くてね」

これはまるで人と幽霊の百鬼夜行。彼らは六叉路からまっすぐ、東側にある墓地に向かっていく。

「ありがとうございます。私、行かなきゃ」

しかし小百合が向かうのは、墓地ではない。

……橋だ。

「小百合ちゃん」

駆け出した小百合の腕を大きな手が掴む。振り返ると、招福が小百合を見つめている。

「残りは僕が引き受けます」

まるで絹織物に墨が吸い寄せられるようだ。

バスから漏れた悪霊が、空を舞う悪霊が、招福に吸い寄せられていく。彼の肩に、腕に、張り付いていく。しかし彼は平然と笑うのだ。

「昨日小百合ちゃんに話したことを、ずっと後悔していたんです。何もできないくせに、口だけ出してしまったって」

「招福さん」

「……前は間に合わず何もできませんでした。でも今はここにいる」

彼は昔から悪霊に好かれやすい。しかし祟られず、呪われず。特大パフェみたいに悪霊をくっつけて……そして誠一郎や小百合から、悪霊を引き離す。

「役割分担、ですから」

彼は久々に憂いのない顔で微笑んだ。

周囲はアロハシャツの集団が賑やかに集まっている。ぽつぽつと光が灯る。蝋燭の灯りに惹かれるように、一人、また一人と幽霊たちが家族のもとに帰っていく。

その光の中を、小百合は駆けた。蝋燭の灯りや幽霊の隙間を抜けて、迎え火の行列を背後に見送る。

（……こっち）

波岸霊園と書かれた看板を越えてまっすぐ北へ駆け抜ければ、唐突に街灯が消えた。

そこにあるのはべったりと塗りつぶされた夜の闇だ。人の声も気配もない。小百合の呼吸音と水たまりを弾く音だけが響く。

暗いのは、目の前に土手があるせいだ。茫々と草の群れる土手を一気に駆け上がると、目の前には青みがかった夜の闇、三途川と呼ばれる巨大な水のうねり。

月もなく、星も見えない。ただ遠くを行き過ぎる車のライトだけが時折、川の上を舐めるように走る。

（あと……すこし）

整備もおろそかな土手の上は、雑草の道になっていた。

雨に濡れて重くなった草をかき分け、小百合は走る。まるで洞窟を抜けるように、闇をかき分けるように。手が切れた、足も切れる。深い水たまりに足首まで浸かる、服だって、ボロボロになっていく。

小百合を包み込むのは、川の匂いだ。そして夜の匂いに、草の匂い。向かい風とともに様々な匂いが小百合の顔を撫であげた。

小さな石につまずいて、小百合は前のめりに思い切り転ぶ。

「すごいなあ」

しかし、小百合は笑いながら体を起こす。体は今にも倒れそうなのに、不思議と幸福にくるまれている。

それは、先程聞いた幽霊たちの声だ、音だ。口の中いっぱいに、思い出が溢れかえった。

くろぐろとした空を見上げて小百合は叫ぶ。

「みんな来てくれたんだよ。ねえ誠一郎さん」

それは誠一郎が教えてくれた力のおかげだ。幽霊の手を取り、向かい合い、一緒に食べる。世界で唯一の小百合の力。誠一郎は小百合にこんな素敵な置き土産をした。

「一人じゃなかった」

一人ではない……着物さんの言葉が不意に蘇る。

「絶対、この子だって、一人じゃない」

なんで。と、小百合の中でチカコが呟いた。その声は少女より、少し大人びて聞こえる。

なんで助けるの。震える声に、小百合は明確な答えは返せない。ただ、小百合の力で救えるなら救いたい、それだけだ。

土手の終着地点。そこには橋があった。ピンと立った塔からケーブルが伸びて橋を支える、斜張橋《しゃちょうきょう》と呼ばれるものだ。全長１０８メートル。川を渡る生活の道。もちろん何度もこの道を通ったが、当たり前すぎて気づきもしなかった。

「お地蔵さん、ここにあったんだね」

土手から橋に繋がるその場所に丸みを帯びた地蔵が一つ、雑草に紛れて置かれている。

小さな子供のような口元だけが苔の隙間から見える。

（……西団さんの作ったお地蔵様）

乱れる息を何とか抑えて目を閉じると、風景が浮かんできた。

この地蔵に優しく話しかける声。白く大きな饅頭を供え、手を合わせて祈る声。

小百合の中のチカコが身動《みじろ》ぎするように唸る、呻く。むずがる子供のようだ。暴れると、彼女の中の記憶がボロボロと漏れて小百合の中に溢れた。

「……遊園地で置き去りにされて」

浮かんできたのは冷たい冬の風だ。彼女は幼い頃、この場所で一人、取り残された。

先程まで微笑みかけてくれた父も母も消え、残ったものは着飾った自分だけ。

一人ぼっちに気づいた彼女は、バスに乗って駅と遊園地を何度も往復し父を探し母を呼ぶ。疲れ果てて最終バスの中で眠った彼女をすくい上げたのは西団の丸い手だった。

「……施設に入って……」

それから彼女の人生は静かに下降する。小百合の中で彼女は笑顔を見せることなく、20年という短い人生を静かに閉じた。

暴力と、悲しみと痛みと苦しみだけの人生だ。誰にも見送られない。誰にも声をかけられない。最期、その目に見えていたのは病院の白いシーツだけだった。

「それから、あなたは……」

小百合は胸を押さえ、息を吐く。

「帰ってきた」

やがて彼女は戻ってきた。この場所へ、幼い記憶をたどって。

ここには西団がいた。チカコに差し伸べてくれた西団の手は、子供を思って作られた地蔵を磨いていた。

……西団はここに通って、祈り続けたのだ。もう消えていくばかりの町から、去っていった子供たちの幸福を。

チカコは西団の祈りをそばで見つめていた。いつも彼女の隣に座った。彼女の周囲を走り回り、顔を覗き、隣に並んで見様見真似で手を合わせた。

お盆の時期になると、川の上にいくつもの灯篭が浮かぶ。きらきら輝く。それを彼女はこの橋の上から見たのである。まるで遊園地で見たパレードのようだった。

美しいその風景を見るのが、夏の楽しみになった。

「……なんであなたが小さな姿のままなのか、分かった気がする」

幽霊は、死んだときの形を取るものが多い。しかし中には、自分が一番楽しかった時期の姿を取るものもいる。

「でも西団さんは亡くなった」

西団は数年前に亡くなった。

急に姿を消した西団に気づき、チカコは何を思っただろう。どれだけ悲しかっただろう。

小百合は冷えきった体を抱きしめた。彼女はバスをむちゃくちゃにしたかったわけではない。夏になるたびに耐えられなくなっただけだ。

一人きりの寂しさに耐えられなくなっただけだ。

「バスに乗れば、西団さんに会えるって、思ったんだね。また迎えに来てくれるって……奥の座席で眠っていたら……手を伸ばしてくれて……」

西団の柔らかな手が少女を起こし、少女の頭を撫で、手を握ってくれる。

夏が来るたびチカコはそんな期待を抱いて、バスに現れた。

「来てくれるって」

今朝までの重い気持ちを思い出し、小百合は目を閉じる。

人は一度目の孤独は耐えられても、二度目の孤独には耐えられない。

彼女の姿は、もう一人の小百合の姿だ。

「……あなたは、私だ」

未練が怨念に変われば、悪霊に成る。

しかし未練がまだ少しでも残っていれば、その幽霊は救われる。

彼女の未練は、西団への思慕だ。

「それと未練はもう一つ……」

小百合は地蔵を取り巻く雑草を手で払い除け、先程もらった饅頭をそっと差し出す。転んだときもとっさに高く掲げたおかげで、傷一つない。

真っ白でつややかで、まるで夜の闇を祓うような白さだ。故人に供える食べ物はどれも美しい。故人を思う人の心が食べ物を美しく見せるのだ。

手の中に収まる甘くて小さな固まりは、今、この世の中で一番綺麗なものに見えた。

「これだよね。これが食べたかったんだよね」

気がつけば隣にケンタの温かい体があった。尻尾も、自慢のお腹の毛も煤まみれだ。しかしその顔は誇らしい。

「ケンタ」

……そしてもう一人。

「おばあちゃん？」

それは腰の曲がった一人の老婆の幽霊。彼女は小百合の横に腰を下ろして皺の寄った丸い手を合わせる。

顔に見覚えはないが、丸い指先を見た途端、小百合の中の彼女が激しく動揺した。

「西団のおばあちゃん？」

小さく頷くその人は、寂しそうな目で小百合を……小百合の中に閉じ込めたチカコを見つめている。

「ほらね。一人じゃなかったでしょ」

真っ白な饅頭を両手で持って、小百合は祈るように目を閉じる。鼻に届くのは甘くて柔らかい香り。

ここに毎年供えられる白い饅頭を、彼女はとうとう食べることができなかった。触っても近づいてもその味は分からない。感じられない。

どれだけ、食べたかったことだろう。

どれだけ、一緒に食べたかったことだろう。

「……さあ、一緒に食べよう」

その味は、上品な甘さだ。

もちもちとした生地もかすかに香る優しい匂いも、夏の温度に似合う味。ほろりと崩れた餡の柔らかい甘さが体に染み渡る。

墓地では迎え火の練り歩きが始まったようで、風に流れて太鼓と笛の音が聞こえてくる。振り返れば、赤い光がちらちらと、まるで誘い火のように揺れている。

そんな音からも遠いこんな場所で、小百合は饅頭を食べている。一口、二口。噛みしめるごとに涙が溢れた。大粒の涙が小百合の手を濡らし、地蔵の上に散る。

「ごめんなさい。私のせいで、ごめんなさい」

震える声が、はっきりと聞こえた。目を開ければ、すぐ目の前にチカコの姿がある。

「あなたのお父さん、助けたかったのに……わ、私のせいで」

西団の丸い手が、チカコに向かって差し出される。その指を、彼女はそっと握りしめる。

そして初めて彼女は少女らしい泣き声を上げた。

「ごめんなさい……」

それを見て小百合は長い、長い息を吐く。

「謝られるより、感謝されたい。私、チカコさんの、ありがとう。を、聞きたい」

彼女の体にはもう煤の色はない、臭いもない。彼女はたしかに救われた。

「助けられてよかった」

やがて、小百合の目前に光と声が溢れる。

その光は喜びの色だ。

その声は至福の音だ。

「……ありがとう」

その声を聞いて、小百合の体からゆっくりと、力が抜けていく。

しかし何の心配も恐怖もない。

「ケ……ンタ……」

小百合はいつものようにゆっくり地面に倒れながら、呟く。

「1時間後……起こして」

その体を、柔らかく温かいものが受け止めた。


「お前が何もできないときは俺が守ってやる」

夢の中で聞こえてきたのは懐かしい声である。

「だから無理はするな、それが約束だろう」

それは昨日まで聞こえていたケンタの声。

「俺はあいつと違って生きているし、あいつと違って約束だけは守るんだよ」

聞こえなくなってたった2日なのに、もう100日以上聞いていない。そんな気がする。

なんて優しい夢だろう……そう思った瞬間、小百合の体に痛みが走った。

それは硬い石の上で眠っていたせいだ。石を枕にしていたせいだ。泥と土まみれになったまま、小百合はぼんやりと目を開ける。

辺りは一面薄暗い。虫の声と……駆け抜ける車のライトとガスの臭いに、夏の香り。

……そして懐かしい声。

「約束しただろう、絶対に、お前を守る。だから……」

目の前に、黒い影が立ちふさがっている。寝ぼけたまま小百合は手を伸ばし、その影にふれる。

「俺だって、小百合と一緒の除霊が一番楽しいんだよ」

柔らかく艶があり……心地よい夏毛の感触。

これは幻ではない。現実だ。本物のケンタの声だ。

「……ケンタ」

小百合はその首を引き寄せて、強く、強く、抱きしめた。

「ケンタ、守ってくれてありがとう」

「ま……お前、おま……もしかして、俺の声、聞こえ」

人より熱い体温、速い鼓動。穀物のようないい香りに……柔らかく低い声。

ケンタの声を聞いて、小百合の目から先程こぼし残した涙が一粒転がり落ちる。

「聞こえるように……なって……」

彼の尾はせわしなく上下左右に動き、小百合は思わず吹き出した。

犬だって照れるし、気まずくなるのだ。ケンタと会って小百合は初めてそんなことを知った。

そして人間だってもちろん、照れるのだ。火照った頬をケンタの毛皮に押し付けて隠し、小百合はケンタにねだる。

「褒めてよ、ケンタ」

「……よく頑張ったな、小百合」

一番聞きたかった声は、小百合の中に水のように広がった。

第七話　彼女は「過去」を除霊する

20歳の誕生日は、恐ろしいほどの晴天となった。

「……開けるね。うん、開く……開い……た？」

小百合は恐る恐る鍵を掴むと鍵穴に挿し込み、ひねる。すると思ったよりあっさりと鍵は開いた。小百合は鍵を引き抜き、呆然とそれを見る。

「開いちゃった……」

玄関は柄入りガラスが埋め込まれた古い引き戸タイプ。中を覗けば、灰色の玄関土間、その向こうには少し高めの上がり框。奥は薄暗い廊下が続く。

耳を澄ましても人の気配はなく、ただ自分の声が響くだけだ。

小百合は恐る恐る周囲を見渡す。

「お……おじゃま……します……？　かな？」

大きな楡の木が玄関の隣を占拠していた。昼の日差しを浴びた葉はまるで宝石のように輝いている。クリームグリーンの葉裏から蝉が一匹飛んで真っ青な空に吸い込まれていく。

雲一つない、美しい夏の昼だ。

「……誰もいないのかな」

その家は小百合のアパートからまっすぐ西に向かって徒歩20分ほどの場所。住宅街の隙間に生まれた袋小路の一番奥に隠れるように建っている。

招福からもらったメモに書かれた場所にこの家があった。銀の鍵はぴたりと合う。

表札もインターホンもない。ただ赤錆びた門扉があるだけだ。壊さないように中に滑り込み、鬱蒼とした茂みに囲まれた玄関の扉を開いた。

草と夏の香りに閉じ込められたような家だった。

住宅街のどこかから漏れる演歌の音と蝉の鳴く声以外、ここには音がない。

「ここって誰の家なんだろう」

小百合は家を見上げて眉を寄せる。

「……これって入っていいのかな?」

「さあな」

草を蹴り飛ばしてケンタが不機嫌そうに呟いた。

「大口叩いておいて、今更怖気づいたのかい、お嬢さん」

それはいつものケンタの軽口である。

バスの除霊が終わったあと、小百合は再び寝込んでしまった。

夢も見ないくらい深く眠る小百合を起こしたのは、自分自身の腹の音。

飛び起きると14日の昼過ぎだ。

お腹も喉もカラカラに乾ききっていて、頭はぼさぼさ、足や腕は見覚えのない青あざや切り傷まみれ。隣には小百合と同じくげっそり顔のケンタがいた。

ぼろぼろだなと笑われたせいで、小さなわだかまりは解れて溶けて消えてしまう。

ズタボロの二人は炊飯器を抱えて食事をして、ぐったりと崩れ落ち、翌日の夕刻過ぎまでもう一度、眠った。

招福や新川、あちこちに連絡を入れて迎え火のイベントが成功したこと、バスの悪霊が消えたこと、今後バスの修繕が行われることを聞いたのは、16日の朝のこと。

……そして小百合は一つの決断を迫られる。


「まさか出かけるほどの元気が残っていたとはね」

「まだ頭は混乱してるけどね」

小百合は小さな鍵を握りしめ、玄関に足を踏み入れる……古い、香りがした。

招福から預かった地図と鍵。何がそこにあるのか招福は教えてくれなかった。

悩んだのは30分だけ。

深く悩まないのが小百合の美点だ。行きたくないと駄々をこねるケンタのリードを握りしめて夏の道を西へ20分。奇跡的に迷うことなく小百合はその家の前に立っていた。

昔から招福も誠一郎も小百合に明確な答えは与えてくれない。いつも答えは小百合自身で探す羽目になる。

除霊師は自分で解答を見つけるのだ……と誠一郎は言っていた。

「これ以上歩けないときって、前に倒れたら、嫌でも先に進むでしょ？」

壁のスイッチを押すと廊下が明るく輝く。床に薄く積もった埃を嗅いでケンタが派手にくしゃみをした。

「通電してるってことは、誰か住んでるのかな？」

床の埃には点々と小さな足跡が残っている。ケンタは小百合の視界を防ぐように前に飛び出した。

「俺が先だ」

小百合の前に滑り込んだ大きく黒い背中を頼もしく見つめて小百合は笑う。ケンタは招福や誠一郎以上に過保護である。

「ケンタなんでこの家に来るの嫌がったの？」

「……中に入りゃ、分かるよ」

変色した襖、崩れた棚、埃の積もった蛍光灯カバー。しかしジリジリと、電気の流れる音が聞こえる。

ケンタはまるで見知った家のように進むと、ガラスの扉をつん、とつついた。

誘われるままに開いて……小百合は目を見開くことになる。

狭い畳の間には埃にまみれたテレビに小さな机に、敷きっぱなしのボロボロの布団。布団の周辺に散らかった古い雑誌に、ペンにノートに黄色くなった古いレシート。

そして。

「……ドッグフード？」

部屋の隅には空っぽになったドッグフードの袋が一つ。

ケンタは袋を嗅いで嫌な顔をする。

「乾いたエサは嫌いだって言ったのに、あいつはこれを買ってきた」

「ケンタ」

「人の話を聞かないのは、お嬢さんとそっくりだし、部屋の汚し方もそっくりだ」

「ケンタ」

「本当に、どうしようもなくお前たちは親子だな」

小百合はケンタに促されて部屋の中央を見る。

そこには見覚えのある白い封筒が1通だけ残されていた。

それは20歳の誕生日までは、と約束していた誠一郎の手紙。

「……この家は」

最後の一枚。それは丸い机の上にそっと置かれている。

「鈍いお嬢さんだな。もっと早く気づくと思っていたが」

座り込んだ小百合の顔に、ケンタが鼻を押し付ける。

「……ケンタ？」

「俺は何も覚えてないと言ったな？　まあそれは本当だ。1年前の今日、気づいたらこの姿で」

ケンタはすっかり諦めた顔をして小百合の前にかしこまる。

「……俺はあのバスにいた」

耳を伏せ、上目遣いで小百合を見る。威厳のあるシェパード犬の顔が情けなく崩れる。

「そりゃパニックだ。見知らぬ男は倒れてる、悪霊だって山盛りだ。何がどうなったのか、覚えちゃいねえ。ただ気づくと悪霊は消えて、その男に……この家に連れ込まれた」

ケンタはじっと、机を見つめた。丸い机の前に落ちている一枚の座布団。それに、彼はそっと足を載せる。

「葛城誠一郎が俺とお前をここに運んだ」

ケンタの言葉は低く、ゆっくりと紡がれる。これ以上ないくらい静かなのに小百合は息を詰めて耳を澄ませた。

「ここはあいつの生家らしい。あのとき、あの段階では……あいつは生きてた。今にも倒れそうだったがな。病院に行けという俺の言葉も無視して、あのまずいドッグフードを買って、お前をそこに寝かせて。で、何をしていたと思う」

小百合は目をこらす。しかし、そこにはなにもない。

「一晩中、そこで手紙を書いてたんだよ……きっかり、12通」

「誠一郎……さんは」

「あいつは手紙を書き終わって、倒れた。俺は助けを呼びに外に飛び出したが……」

ケンタは言いにくそうに言葉を飲み込む。小百合は封筒を強く握り、唇を噛みしめる。

覚悟をしていたのに小さな目眩が小百合を襲う。

「戻ってきたら、救急車が表に止まっていて、この家に入ってももう誰も……おい、小百合、息をしろ」

「大丈夫……それで。ケンタのことは、なんて？」

「ちょっとした事故で……人間の魂が犬の体に閉じ込められた、とか言ってたな。わけが分からんと、怒ってみせたがあいつは笑うばかりで話にならん。そして言ったんだ。俺のことを何とかできるのは世界で一人だけ」

ケンタの目が見つめたのは部屋の隅。そこに小百合が寝かされていたのだろう。

「そこにいる、葛城小百合だけだと」

「なんで……教えてくれなかったの」

小百合は力なく、座り込む。

埃まみれの机の上に遺された一枚の封筒。小百合は震える手で、封筒を掴む。

この白い封筒を見るだけでどれだけ心強かったか。嬉しかったか。幸福だったか。

「言えるかよ。こんなこと……なんて言うんだよ。お前の父親を救えなかったって？　近くにいて、何もできませんでしたって？……言えるかよ」

ケンタは尾を地面に叩きつけ、苛立つように顔をそむけた。

「あいつが言ったのは、お前が俺を救える。それだけだ。お前にどんな力があるのか、遠くから見ていたら、そりゃあ危なっかしくて……こんなことに」

わざとらしく、ケンタは息を吐く。

「……別にこんなに近づくつもりだってなかったんだ」

大きなシェパード犬……それも人間の言葉を口にする犬。初めて出会ったとき、恐怖より嬉しさが勝った。

たった一人で出たアパートの扉を、二人で戻る。それがたまらなく嬉しいこと、一緒に並んで食べる食事が美味しいこと。

忘れかけていたその嬉しさを、ケンタがまた教えてくれた。

彼は誠一郎が遺した、小百合への贈り物だ。

「手紙も、ケンタが運んでくれたんだ」

机に残った犬の足跡を見て小百合は笑ってしまう。

小さな隙間さえあればケンタはどんな場所でもすり抜ける。こんな古い家、鍵なんてなくても彼なら平気だ。

「別に……乗りかかった船だ」

ケンタが部屋の隅のゴミ箱を見つめる。書き損じの便箋が、何通も捨てられている。

誠一郎にはどれだけの秘密があるのか。死を知ってなお、まだ秘密が溢れてくる。

「ずるいなあ、ケンタ。私の知らない誠一郎さんを知ってるなんて」

いつもよりも丁寧に、最後の封筒を開ける……中には一枚の便箋だけ。そこに書かれた文字もたった一言。

「……台所へ」

部屋の西側にはガラスの扉がある。そちらに向かおうと思ったのは直感だ。温かい気配を感じたのだ。

ガタつく扉を開けば、かすかなカビと埃の臭い……そして。

「……女の子？」

そこには机が一つ、置いてある。

それはしっかりとした木造りのダイニングテーブルだった。

四人は座れるほど大きなその机には椅子が2脚だけ。向かい合うように置かれた片方に、少女が座っている。

まだ幼稚園くらいだろう。足を椅子から垂らして、呑気に机を叩いて遊んでいた。

丸い頬に、幼い瞳。しかし体は淡く透けている……生きた人間ではない。

「……これまでいなかったぞ」

ケンタが鼻を鳴らし唸るが、ケンタを見た少女は嬉しそうに口を開けて笑う。

犬が好きなのだろう。椅子から飛び降りてケンタの体に触れようと必死に腕を伸ばす。

ケンタの首に抱きついて、固まるケンタの鼻先に何度も何度もキスをする。そして彼女は嬉しそうに目を細めた。

その笑顔を見て小百合は呆然と呟いた。

「……この子は、私だ」

「小百合!?」

胸の奥が針で刺されたようにちくりと痛む。小百合の魂は「欠けている」。あの廃屋で出会った大久保はそう言って首を傾げていた。

涙をこぼせないのは魂が欠けているからだ。ずっと小百合はどこかが欠けていた。

そのピースが今、目の前にいる。

驚かさないように気をつけて、一歩。また一歩。近づくごとに疑惑は確信に変わり、その手に触れた瞬間、小百合は全てを理解した。

「……おいで、中に入れる？」

ご機嫌顔の彼女は小百合を見上げて無邪気に笑う。鏡映しのように、小百合とそっくりな顔だった。

「何が食べたいの？」

小百合はその手を掴み、ゆっくりと抱きしめる。小さくて軽くて、体に馴染む。

少女の小さな手が小百合の肩を抱く。ゆっくりと彼女の体が小百合に溶け込んでいく。

「そうだね」

彼女はまるで小百合に耳打ちするように、幼い声で何かを囁いた。

「私もそれを食べたいと思ってたの」

小百合は笑い飴玉を飲み込むように喉を鳴らす。

……体の奥に熱が灯った、そんな気がする。

それは十数年ぶりに感じる熱だった。

「よし。綺麗になった。ガスも繋がる、水も出るし、買い出しも終わったし」

小百合は額に浮かんだ汗を拭い、徹底的に磨かれた台所を見つめる。

鍋もコンロも、時間をかけて新品並みに磨き上げた。掃除は嫌いだが、台所だけは別だ。

なぜなら、台所は小百合の仕事場だからである。

恐る恐ると点けたコンロは一瞬激しく燃え上がったものの、そのあとは通常運転。錆びた水道管もしっかり擦れば水が出る。

しばらく水を流し続ければ、赤錆は取れてすっかり綺麗な水だ。

机の上も磨き上げれば、台所は綺麗に生まれ変わった。

「普段からそれくらい掃除しろよ」

「ごめんね、この子、口ばっかりうるさくて」

思わず笑い声を上げると、小百合の中で幼い笑い声が返ってくる。

自分と同じ声。同じ波長。同時に笑うと声が体中に満ちるようだった。

当然だ。この子は、小百合自身だ。

「うるさいワンワンだねって」

「うるっせえ……で。何してんだ、お前は」

「料理だよ」

掃除をしていたらすっかり外は日が暮れてしまった。送り火のイベントのせいでスーパーはいつもより2時間早く18時に閉まる。蛍の光の流れる店に駆け込んで、大急ぎで食材や調理道具を揃えた。

「本当はお米も炊くつもりだったけど、炊飯器が壊れてるから惣菜コーナーにあったご飯買っちゃった。ああいうご飯って誰が買うんだろうって思ってたけど、こういうとき、助かるね。人生にそう何度もあることじゃないけど」

ウインナー、玉ねぎ、じゃがいも、牛乳。そしてホワイトシチューの白い箱。机の上に並べた食材の数々を眺めて小百合は手を打ち鳴らす。

「さて、始めよっか」

調子よく玉ねぎを刻むと、目がじわりと痛くなった。

ケンタは何も言わず台所の入り口に腰を下ろす。ベッコウ飴みたいな綺麗な琥珀の色が小百合を見守ってくれている。

「……玉ねぎで目が痛くなるのって、硫化アリルっていう成分が原因なんだって」

高校生の頃、流行の映画で泣く同級生に囲まれて小百合はたった一人、泣けなかった。

そんな自分が情けなくて、無性に玉ねぎを刻んだことがある。

しかし玉ねぎで流す涙はやっぱり何かが違うもので、涙は感情が伴わなければすっきりしないと小百合は悟る。

そう語ると誠一郎は小百合を大げさに褒め、二人で一週間、玉ねぎ料理を食べ続けた。

「赤いウインナーって懐かしいよね。誠一郎さんがウインナーはこれしか買ってくれなかったから、世の中には赤いウインナーしかないってずっと思ってて、中学のときの調理実習で恥かいちゃった」

　サラダ油でてりてりに炒めた玉ねぎの海に投げ込むのは、真っ赤なウインナー。油をまとって、まるで宝石みたいに輝くのだ。

　運動会の思い出も遠足の思い出も、全部全部この赤いウインナーだった。

　皮をブサイクに削ったじゃがいももゴロゴロと鍋に投げ込む。順番なんて関係ない。食材を次々炒めるだけで、鍋の中から幸せの香りがする。

　たっぷりの水、沸いたところに白いシチューの素。ごろりと入れて混ぜればやがてふつふつ甘い湯気がたつ。

「こんな所で料理……いや、お前まさか」

　匂いを嗅いでケンタが顔をあげた。彼の目が大きく見開かれる。

「食べて除霊、でしょ？」

「小百合、お前、そのガキは自分だって……」

「大丈夫」

　パック入りのご飯はフライパンで、沸き立つくらいのバターで炒める。

「小学校のとき、ダイエットをしたことがあったの。バターと砂糖がデブのもとって聞いたから、とにかくバターを減らそうと思って。でも誠一郎さんがバター大好きで……まあ私も大好きだけど」

　ピラフにバター減量は厳禁だ。米がバターの間でおどるくらいたっぷりのバターで炒めなければ美味しくない。それが誠一郎の信念である。

「あとグリーンピースも誠一郎さんの好物」

　続いて小百合はグリーンピースを、炒めた米の上にゴロゴロと落とす。

　誠一郎は野菜嫌いのくせに、なぜか冷凍のグリーンピースだけは食べるのだ。

　だから小百合はグリーンピースのことを誠一郎の栄養素。と呼んでからかった。

　食材を一つ二つと炒めるごとに、そして一つ二つと熱が入るごとに、柔らかな色に染まっていくフライパンを見て、小百合は目を細めた。

「ずっとね、料理をするとき温かさを感じてた」

　包丁を握る手も、鍋を掴む手もなにか温かいものにくるまれている。いつもそうだ。除霊のとき、何か温かいものに支えられている……いつもそんな気がしていた。

「ずっとそばにいてくれたんだね」

　小百合は微笑んで、左隣を見上げる。

　古ぼけた部屋が湯気で湿る。ここに湯気が上がるのは何年ぶりなのだろうか。

「……誠一郎さん」

　その湯気の向こうに、懐かしい顔があった。

「誕生日おめでとう。小百合」

飄々とした声だ。深い皺も大きな手のひらも、あんな幻とはまるで違う。

「これまでよく頑張ったね」

それは、本物の葛城誠一郎である。

音もなく、気配もなく。彼は自然に小百合の左隣に立っていた。それは彼が生きていたときと同じ立ち位置。

しばらく無心に鍋を混ぜて、小百合は口を開き……閉じる。何度もそれを繰り返し、結局笑ってしまう。

「……いっぱい文句を言おうと思ってたけど、もういいや。全部、忘れちゃった」

誠一郎の死を知って、まだ数日。心はぐちゃぐちゃになって、もう歩けないと思うことだって何度もあった。

それでも小百合は立ち上がって、歩いて、ここにいる。

除霊師で良かった……何百回も思ったその言葉を、小百合はもう一度噛みしめる。

「……小百合を守ってくれてありがとう」

誠一郎は目を細めて台所の入り口……ケンタを見つめる。

「今はケンタって、呼ばれてるんだったかな」

ケンタは不機嫌そうに耳を伏せ、義務的に一度、尾を振ってみせた。

「守りたくて守ったわけじゃねえよ。だいたいな、てめえは娘の躾ができてねえんだ。どれだけ俺が苦労したと……まあいい。親子水入らずだ。俺は邪魔しねえよ、好きにしろ」

誠一郎は柔らかい髪を揺らして笑う。ケンタは鼻を鳴らすと、わざとらしく背中を向けて寝転がり直した。

「でもな、誠一郎」

……耳を何度もぱたぱたと動かして、ケンタは吐き捨てる。

「やらねえからな、ちゃんと返せよ」

ケンタの声はまるで小さな子供みたいにふてくされて聞こえた。


「誠一郎さん。いつもすぐそばに、いてくれたんだね」

透けた体も、近づくと皮膚が泡立つ感じも全て彼が幽霊である証拠。

小百合の背中の向こうで温かい湯気が揺れている……シチューから上がる白い湯気と、バターピラフの甘い湯気。

「手紙でごまかして、生きてるふりをして？」

「完璧な作戦だと思ったんだよね。小百合が20歳になるまでは、このことを秘密にしておきたかったから」

「手紙の消印は？」

「大きな声では言えないけど、僕は手先が器用なんだ。小百合は知ってるだろう？　とはいえ、住所のところだけはちょっと苦労したかな。でも書いてる途中で気づいたんだ、きっと小百合は差出人の僕の名前を見れば、表面なんてそんなに気にしないって」

にやりと笑う誠一郎を見て小百合は思わず苦笑を漏らす。小百合の行動なんて誠一郎にはすっかりお見通しなのだ。

「招福さんやケンタも巻き込んで？」

「招福くんは嘘が苦手だから大変だっただろうね。できるだけ小百合に会わないようにとだけ言っといた。でないと、すぐ泣いちゃうでしょ、あの子」

誠一郎はいつもの黒いスーツ姿で小百合を覗き込む。

「小百合は強くなったね」

偽物とは違う。眩しいほどに誠一郎だ。本物の誠一郎だ。

「この子は私の欠片なの？」

小百合は胸の奥をぎゅっと押さえる。そして部屋を見渡した。

この台所を小百合は知っている。今となれば小さく見える冷蔵庫、テーブル。

しかし幼い小百合はここを見て、まるで巨人のお家のようだ。と、思ったのだ。

夏の夕暮れ、蝉の声。赤い夕日。

晴れているのに雨の降る不思議な天気の中、小百合は大きな手に引かれここにきた。

それが誠一郎との出会いだった。

「誠一郎さん、私の欠片、ずっと守ってくれていたんだ」

小百合は胸の奥をとん、とん、と叩く。

その中に収まったのは温かい塊だ。それは、幼い小百合だ。

小百合が無くした魂の欠片だ。欠片は小百合の奥、あるべき場所に収まった。

「私の過去の記憶。この子が全部持ってた」

小さな少女を飲み込むだけで、頭の隅にある記憶の黒い小箱が開いていく。

思い出すのは冷たい家。両親の冷たい目。広い家の片隅で膝を抱えて座っていたこと。

話しかけても、誰にも返事をしてもらえなかった寂しさ。そして幼い赤ん坊……妹の可愛らしい頬。

黒い手が妹の顔に近づく。狂ったような笑い声が妹の体に迫ろうとする。

それを小百合の幼い手が掴む。どうしていいか分からず、小百合はそれを口に運ぶ。

妹を救うため、小百合は幽霊を食べたのだ。飲み込んだ黒い固まりは、体を芯まで冷やしたことを今、思い出した。

「子供が持っていちゃいけない記憶だよ。それに耐えられるまで、僕が預かってた」

誠一郎が穏やかに微笑み、小百合の頬に指を伸ばす。

「今の小百合はもう耐えられる」

薄暗い記憶しか持たない欠片だ。しかし、そんな苦さも苦しみも誠一郎と出会った記憶が全てを上書きする。

心地よい家に連れて行ってもらったこと。

食事を与えられたこと。

話を聞いてくれたこと。

「小百合、そろそろ食事の時間だよ」

小百合は笑顔を必死にこらえて、大きな皿に温かいシチューをよそう。

もう一つの丸い皿にはグリーンピースのピラフ。バターで輝くそれを山盛りにしてテーブルに置く。

「誠一郎さんほど上手に作れないかもだけど」

初めてこの家に小百合を招き入れたとき、彼はこの場所でシチューとグリーンピースのピラフを作った。

この二つだけが彼のレパートリーで、一番のご馳走だったのだ。

（……そう、ひどく殴られて、痛くて、悲しくて、辛くて）

父に殴られた。母になじられた。妹に泣かれた。親戚には不気味な目で見られた。

悲しみの底にいた小百合の前に差し出されたこの二つの料理が、一歩を踏み出すための力になった。

誠一郎も椅子に腰かけ、小百合を見つめる。

「小百合」

「誠一郎さん」

二人は同時に、息を吸い込む。

「……さあ、一緒に食べよう」

同じ言葉が、同時に響いた。


「これ、誠一郎さんが言ってくれた最初の言葉だったんだよね」

大きなスプーンでシチューをすくい、すする。とろとろと甘くて、野菜の味が染み出したミルク味の特別な一皿。

同じスプーンでバターたっぷりのピラフを噛みしめれば、甘い味が倍になって口の中に染み込む。ピラフをシチューで濡らしながら食べるのも、不思議と美味しい。

目の前に座る誠一郎はまるで生きているようだ。しかし影は生まれない。ピカピカに磨いたスプーンにも映らない。

「美味しいね、誠一郎さん」

スプーンの上に、温かい水滴がはらりと落ちた。

ぽとぽとと、音をたてて落ちていくそれは涙だ。幽霊の涙とは違う。

これは小百合自身が流す、本当の涙だ。

幼い小百合が大人の小百合と共に流す涙だ。

そんな小百合をじっと誠一郎が見つめる。その目が柔らかく弧を描く。

「……出会ったときの小百合は小さくてね。ちゃんと大きくなるかずっと心配で」

誠一郎は食事と小百合を見つめてテーブルに肘をつく。

「そんな小さな小百合が、昔を思い出して泣くんだ。幽霊を見ても怯えないのに、夢で泣くんだ。ずっと、謝ってる。僕はそれが耐えられなかった」

誠一郎の手が小百合の頬にふれる。ここに涙があったことを思い出させるように、人差し指で目元から頬にかけて撫でる。

「だから魂の……記憶の欠片をとっちゃった。涙まで持っていくつもりはなかったんだけど……目、乾いたでしょう。ごめんね」

少ししょんぼりとした誠一郎の顔を見て小百合は吹き出す。

「誠一郎さんのせいだったの？　そんな器用な事が？」

「僕の除霊方法は魂を少し……いじるんだ」

にやりと、誠一郎は笑う。

「まあでも、人にするのは初めてだったから、成功してよかった。そのことをずっとあとに招福くんに話したとき、すごく叱られたけどね」

「そんなの初めて聞いた」

「だって悪役っぽいだろ？　僕はいつでも小百合のヒーローでいたかったんだ」

誠一郎は肩をすくめる。生きていた頃となんら変わらない態度に小百合は吹き出す。

「……本当は僕から欠片を返すつもりだった。20歳の誕生日に」

そして彼は切なそうに手のひらを見た。この手のひらに救われ、この手のひらに過去を封じられた。今はもう命を持たない手のひらを、小百合はじっと見つめる。

「死んだのは誤算？」

「誤算も誤算。でも僕は用意周到だから、小百合がたどり着けるように用意だけして、あとは見守ってた。実際、何度か飛び出していきたいことはあったけど、そこのケンタがなんとかしてくれただろう？」

「……本当に、俺の体をそこのお嬢さんが戻せるんだろうな？」

黙っていると約束したケンタだが、堪えきれないように口を挟む。

「お前の言うことはいまいち信用できん」

「僕は嘘が苦手なんだ……きっと小百合が探れる、だって僕の娘だから」

誠一郎はケンタに笑いかけ、小百合の頭をそっと撫でる。

「自分でこの場所にたどり着けたんだ。僕よりずっと、色々なことができるよ」

外から鈴の音が聞こえて、小百合と誠一郎は動きを止めた。

煙った窓ガラスの向こう、ゆっくりと光が移動していく。それは蝋燭の灯りだ。

ゆらゆらと赤い光と小さな話し声……それに幽霊の影が通りの向こうを進んでいく。

送り火の、始まりだ。

「行こう、誠一郎さん」

小百合は誠一郎の手を掴み、外に飛び出す。

外は生ぬるく、まるで湿度のカーテンにくるまれているようだ。

雲は灰色、青黒い空に大きな月がかかり、電灯より明るく輝いている。

そんな夏の夜の道を、波岸商店街のお年寄りがゆっくりと歩いていた。

馴染みのお婆さんに手をふって、小百合は笑う。

「誠一郎さんがこの町が好きって言ってた理由、分かるよ」

お年寄りたちは揃いの派手なアロハシャツ。13日は笛と太鼓の賑やかさだったが、今は手にした蝋燭だけ揺らしながら静かに歩いている。

行きと違って帰りは観光客の姿も少ない。

小百合が最後尾につくと仏具店のお爺さんが小百合に蝋燭と灯篭を渡してくれる。

燃える赤い炎の向こうに見えるのは、薄く透けた幽霊の集団。

修司の家族と思われる三人の隣には、老猫の姿。

瑞野の隣に立つのは、マスターだ。その隣には新川が眠そうに付き従っている。

ご近所のお年寄りの隣を歩く、西団。彼女の隣には……少女の影。

「この町は、生きた人も幽霊も、みんな入り混じって存在してる」

13日に家族に迎えられた幽霊たちは16日、光に導かれて帰っていく。

戻る先はどんな場所なのか小百合には分からない。

「……暖かい場所に帰っていくんだね」

やがてたどり着いたのは、町の東に位置する波岸霊園。

商店街から歩いて20分。少し勾配があるのは、かつてここが山だったからだ。

まるで斜面にくっつくように小さな墓が並ぶその場所に、人々が散っていく。

小百合は光の渦をたどるように斜面を進み、やがて一つの墓の前で足を止めた。

「……招福さんもケンタもひどいよね」

それは比較的綺麗な墓だ。ピカピカに磨かれている。墓の前には新しい花と誠一郎が好きだったお菓子が供えられ……甘い香の匂いが残っていた。

思えば、招福が小百合の家に来るとき、いつも裾に薄く泥がついていたことを思い出す。

ケンタも時折姿を消し、戻ってくると泥と線香の匂いが染みついていた。

「墓参りもしないなんて娘として失格じゃない」

真四角の墓を覗き込めば、誠一郎の名前が刻まれている。

こんなに近くに住んでいて、小百合はずっと気づきもしなかった。

目を閉じて祈りを捧げると、やがてまた列が動き出す……灯篭流しだ。

先日は必死に駆け抜けた闇の道も今は眩しいほどの明るさに染まり、誠一郎は楽しそうに目を細めてその列について歩く。

こんな風に幽霊を見つめる優しい目が大好きだった。

「……誠一郎さん、私って免許皆伝？」

「立派な除霊師になった」

やがて行列は河川敷に出る。草は刈られ、川への道がいつの間にか作られている。しずしずと進む人々が、流すのは小さな灯篭だ。一つ、二つ、三つと灯篭が川の上を静かに滑り出す。声もなく音もない。幽霊たちは、その光と共に闇に溶けて消えていく。

灯篭を持つ人たちの顔が、誇らしく明るく光っている。

……小百合の順番まで、あと少し。

「誠一郎さんはもう、未練がないんだよね」

「うん、僕はもう満足だ」

誠一郎は目を細める。少し寂しそうに、誇らしそうに。

「娘がこんなに立派になったんだ。もう、僕には何の未練もない」

誠一郎から未練の香りはしない。未練がなければもう、地上に戻ってくることはない。

分かっていることだが、確認する声が震えた。

「じゃあ誠一郎さん」

深呼吸をすると、結んだ手のひらをほどいて小百合は力いっぱい顔を上げた。

「……この子も一緒に、連れて行って」

胸の奥がこれまで感じたことがないくらい満ちている。それは自分の魂の欠片が戻ってきたからだ。記憶も涙も数十年ぶりに全て取り戻した。

しかし、それは同時に小百合の除霊師としての終わりを意味している。

欠けたところがなければ、小百合は幽霊を飲み込めない。

「この子が私に帰ってくると、もう、除霊ができなくなるでしょ？」

「小百合!? バカか、お前もう除霊師、やめるって」

ケンタが叫んで小百合の服に噛み付く。その頭をぎゅっと抱きしめて、小百合は大きく深呼吸をした。

「私ね、ずっと、除霊師の仕事。誠一郎さんの代わりに頑張ろう。そう思ってたの……でもね、今は」

この1年、小百合は多くの幽霊の前に立った。話を聞いた。飲み込んで、食べて、さようならと叫び、ありがとうと言われた。

「続けたい」

りん、と鈴の音がどこからか、聞こえた。

誰かが鈴を鳴らしたのだ。そろそろ、送り火のイベントが終わろうとしている。

後ろの人に肩を叩かれ、小百合は一歩前に出る。

目の前に、とうとうと水をたたえた川があった。

水の上に浮かぶ灯篭の光を受けて、水が輝いていた。悲しみも寂しさも苦しさも、光が全部運んでくれる。

「……私のために、私の力で続けたいんだよ、誠一郎さん」

小百合は腰を下ろし、灯篭を水の上に置く。頼りないくらい小さいのに、それはするりと、川の上を滑った。

「もう、僕がいなくても大丈夫だね。小百合」

誠一郎の言う「大丈夫」という言葉を、小百合は心に刻み込む。これほど安心できる言葉を、小百合は知らない。

「この年で免許皆伝なら、いつか誠一郎さんを超えるかもね」

小百合の目は穏やかに濡れている。泣くというのはこんなに心地よかったんだ、と小百合は思う。

自分の涙は温かい。しかしこの涙とも、もうさようならだ。

「ケンタ」

鈴の音が響く中、誠一郎がケンタの名前を呼び、ケンタが不満げに誠一郎を見上げる。

「僕の娘をバカというのは禁止。これからも小百合を守って……紳士的な範囲で」

「てめぇはいつも一言多いんだよ」

誠一郎は清々しい笑顔で小百合に向かい合うと、手を伸ばした。

「小百合」

小百合が大好きだった大きくて乾いた手のひら。

この人に救われてよかったと、小百合は思う。

「誠一郎さん、大好きだった」

この人の娘で良かったと何百回だって、そう思う。

「過去形？」

「まさか。ずっと大好きだよ」

誠一郎の手が優しく小百合の頭を撫でる。

「僕も大好きだよ」

誠一郎の手が小百合を抱きしめる。その瞬間、心地よい酩酊感が体を襲う。

「小百合。僕の教えた10か条の一つ目を覚えてる？」

膝から崩れそうになる小百合をケンタの体が支えた。

除霊をすると1時間は意識を失う……その直前の柔らかな温かさ。小百合は必死に意識を保ちながら誠一郎を見上げる。

「最初の……？　一つ目はたしか……」

顔を上げれば、誠一郎が少女の手を引いていた。丸い頬に大きな目。無邪気に笑う彼女は、誠一郎の足に絡みつき、小百合とケンタに手を振る。灯篭の光の上で、くるくる回る。

昔なら、小さな小百合を羨ましく妬ましく思っただろう。しかし、今は違う。

「10か条の一つ目は……おもいっきり……楽しく……」

鈴の音と共に、河川敷に光が溢れた。

皆が宙に向かって蝋燭を振るのだ。その灯りにつられたように、幽霊たちは空を目指す。

真っ暗な空にいくつもの美しい筋が走り、川には灯篭の光が走っていく。

赤い炎に黄金の月。夜の静寂に響く、賑やかな幽霊たちの帰路の光。

「そう……おもいっきり、楽しんで。除霊も、人生も」

誠一郎は微笑んで、大地を蹴る。

その白い体がゆっくりと線になり、煙になり淡く溶けていく。

それは夏の幻のような、一瞬の出来事だった。

「晩夏の……蝉の声がするね。これを聞くと、誕生日が終わったんだなって思うんだ」

小百合の目覚ましになったのは、夏の残り香みたいな蝉の鳴き声だ。

気がつけば、送り火のイベントも終わり。居残りをしていた町のお年寄りたちも、ぞろぞろと帰っていく。

河川敷の濡れた草の上で眠っていた小百合は欠伸を漏らして起き上がった。

辺り一面を覆っていた光は穏やかに静まり、町は日常に戻りつつある。

お年寄りたちを遠くから眺めながら、小百合は少し軽くなった胸の辺りをさする。

この3日間で世界が滅ぶくらい悲しいこともあった、嬉しいこともあった。しかしどんなことがあっても、時間は流れている。

16日がきて、小百合は20歳になった。

「せっかく普通の生活に戻れるところを棒に振りやがって」

行儀よくおすわりするケンタの前に座り込み、小百合は彼の顔を覗き込む。

真っ黒な鼻先に、大きな耳。ツヤツヤ輝く少し硬い毛に、しっかりとした手足。

彼が人間の言葉を話したときにはひどく驚いた。

たった半年で、この嫌みで可愛く優しいシェパード犬は唯一無二の相棒になった。

「……これまで守ってくれて、ありがとう」

「別にお前に、ここまで近づくつもりはなかったんだ。なんだってこんなことに」

ケンタは相変わらず嫌みったらしい声で、吐き捨てる。

緊張すると言葉が増えるのは彼の癖だ。尾を地面に打ち付けるのはイライラしているとき。小百合の足を尾で殴るときは怒っているとき。

同時に彼は小百合の癖だってお見通しなのだろう。

「誠一郎さんはあんなこと言ってたけど、ケンタ、もし行きたい所があれば……」

小百合は唇を噛み、手を握りしめながら呟く。

……それは小百合が、心にもない言葉を吐くときの癖。

「私、ケンタを戻す方法って分からないし……違う除霊師のところに行く方が……」

そんな小百合の足にケンタが尾を激しく打ち付けた。

「他の除霊師じゃない。お前が俺を戻せるんだよ……あの男の言葉を信用するなら」

ぶつぶつと、耳を伏せてケンタは唸る。

「……それに俺はこの姿じゃ何もできないし、野良犬は生きづらい世の中だ。お前は一応力もあるし、まあ本物だしな。それにお前は放っておくと無茶を」

「私も、ケンタがいなくなったら、寂しい」

小百合は思わず彼の首を抱きしめていた。

「ケンタが……いい」

ケンタはまるで無意識みたいに尻尾を振り回し、バランスを失ってその場に崩れる。つられた小百合も不格好に転んでしまい、天を見上げたままケンタが唸る。

「じゃ、じゃあ……小百合がそう言うなら……まあ……仕方ねえな」

気がつけば、辺りは静かだ。あれほど賑やかだった祭りは終わり、残されたのは夜の闇と小百合とケンタだけ。

ケンタは犬らしからぬ咳払いをして、小百合の腕を甘噛みする。

「帰るぞ、俺たちの家に」

ケンタに急かされ、泥まみれのまま土手を駆け下り、旧国道のでこぼこ道を歩く。夜もすっかり更けて、古い家にはぽつぽつ電気が灯りはじめる。

鳥の鳴き声と、テレビと、車の音だけが響く静かな夜だ。幽霊も人間も盆がすぎれば少しだけ静かになって息を潜める。

戻り橋のたもとに見えるブルーシートは、大久保の幽霊研究施設……まもなくそこに研究所兼ピアノ教室ができるのだと、広告が壁に貼られている。

国道をまっすぐ進めば東側の角に、再オープンした喫茶アルコバレーノ。その看板が淡く光っているのが見えた。

そのまま道を南下すれば、彼岸商店街……に見える波岸商店街の看板。

シャッターの下りた西団団子店の前を通りすぎ、小百合のアパートまであと少し。

久々に一週間くらい休みを取ろうかな……と考えた小百合だが、ふと手を叩く。

「あ、そうだ。帰る前に一つ、することがあったんだ」

目の前には、小百合の城。波岸アパートがそびえ立つ。隣には六叉路があり、隅っこには壊れかけた小さな地蔵。

その上に浮かぶ白い顔を見て小百合は手を振った。

「ただいま、着物さん」

「おかえり、小百合」

微笑む着物さんの隣、今日もまだ細い女性の幽霊が浮かんでいる。

こんなにも晴れているのに、彼女の周囲にはずっと雨が降っているようだ。霧雨の中、取り残され耐えるように震えている。

幽霊に一歩近づくとケンタが呆れたように顔を上げた。

「小百合、さっき食べたばっかりじゃねえか」

「あれは夕食。こっちは夜食」

小百合は歌うように言って、街灯の下で静かに浮かぶ幽霊に向かって笑顔を向ける。

「こんばんは」

彼女はまるで救いを求めるように小百合を見つめた。

だから小百合はいつものように手を伸ばし、その冷たい手を握るのだ。

「……ねえ、何が食べたい？　私が食べさせてあげる」

なぜなら小百合は除霊師だからである。

あとがきに代えて――波岸町と商店街

ここまで読んでいただきありがとうございます。

最後に、舞台である波岸町のマップで物語の世界をもう一度お楽しみ下さい。

波岸町ははるか昔は古都と呼ばれたこともある町ですが、今はノスタルジックと怪異と寂れた商店街が同居する『どこにでもありそうな』町。この町で笑って食べて毎日を送る小百合とケンタのお話を、またお届けできることを願って。

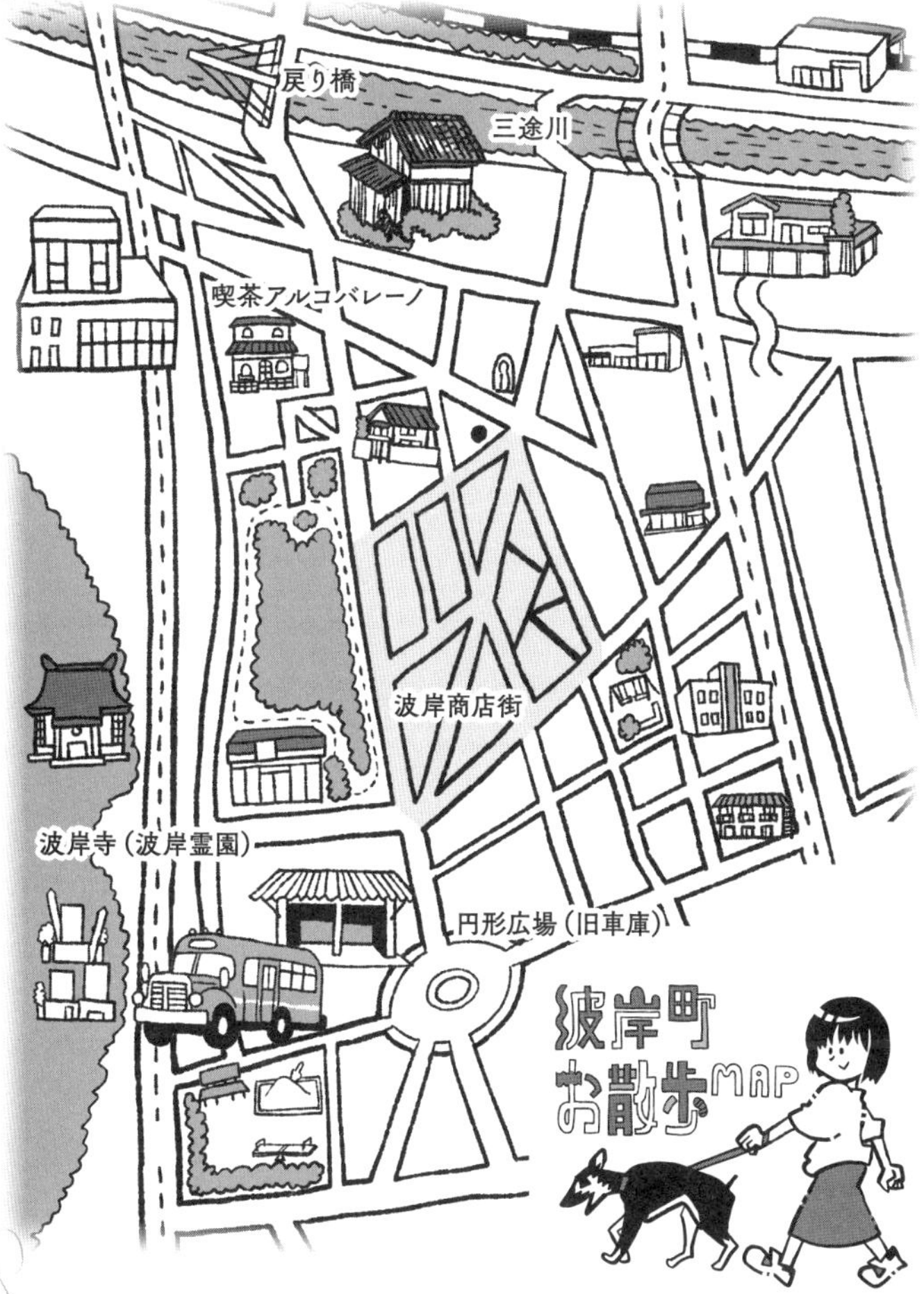
戻り橋
三途川
喫茶アルコバレーノ
波岸商店街
波岸寺（波岸霊園）
円形広場（旧車庫）
波岸町
お散歩MAP

ことのは文庫

彼女は食べて除霊する

2021年8月27日　初版発行

著者　みお
発行人　子安喜美子
編集　佐藤　理
印刷所　株式会社廣済堂
発行　株式会社マイクロマガジン社
URL:https://micromagazine.co.jp/
〒104-0041
東京都中央区新富1-3-7ヨドコウビル
TEL.03-3206-1641 FAX.03-3551-1208（販売部）
TEL.03-3551-9563 FAX.03-3297-0180（編集部）

本書は、小説投稿サイト「小説家になろう」(https://syosetu.com/)に掲載されていた作品を、加筆・修正の上、書籍化したものです。
定価はカバーに印刷されています。

ISBN978-4-86716-171-5　C0193
乱丁、落丁本はお取り替えいたします。